KB170505

아남네시스, 돌아보다

아남네시스, 돌아보다

시간은 흘러도 사랑은 남는다

이기락

오엘북스

■ 일러두기

· 이 책에서 인용한 성경 구절은 《성경》(한국천주교주교회의, 2005)을 따랐습니다.

· 저자가 한국천주교주교회의 사무처장 및 한국천주교중앙협의회 사무총장을 역임하며 주교회의가 발간하는 《경향잡지》 편집인으로서 쓴 권두언을 모았습니다. 매월 실린 내용 그대로 나름의 주제로 묶어 시점이 어색한 부분도 있습니다.

· 인용한 시는 한국문학예술저작권협회의 허가를 얻어 수록했습니다. 미처 연락이 닿지 않은 분은 나중에라도 허락을 얻을 기회가 있기를 기다립니다.

한국천주교주교회의는 2009년 4월부터 2015년 3월까지 저를 주교회의 사무처장 및 한국천주교중앙협의회 사무총장에 임명했습니다. 걸맞지 않은 이 직책을 수행하는 동안 내내, 하느님의 섭리는 참으로 오묘하고 신비롭기도 하다는 생각이 머리를 맴돌았습니다.

당시 저에게는 열 가지 이상의 직함이 주어졌는데, 그 가운데 한국천주교주교회의가 발간하는《경향잡지京鄕雜誌》편집인이라는 역할도 포함되었습니다. 물론 저에게 편집인으로서의 뛰어난 역량이 있어서가 아니라 당연직으로 주어진 것이었습니다.

주교회의 기관지 역할을 하는《경향잡지》는 1906년 창간돼 현재 우리나라에서 발간되는 정기 간행물 가운데 가장 오래된 잡지입니다. 개인적 의지와는 전혀 상관없이 창간 115돌을 훌쩍 넘은 이 최고(最古), 그리고 최고(最高)의 유서 깊은 잡지 편집인 역할을 맡게 됐던 거죠. 시간이 많이 흘러 되돌아보니, 그 많은 보직 가운데 가장 자랑스럽고 빛나(?) 보이게 한, 무엇보다 커다란 자긍심과 보람을 느끼게 한 일이었구나 하는 생각이 깊어지면서 감사의 마음이 들곤 합니다.

∝

편집인이 해야 하는 가장 큰 미션은 매달 발간되는 잡지의 '권두언'을 책임지고 쓰는 일이었습니다. 편집인으로서 '권두언'을 통해 교회와 세상과 이웃과 함께 나눈 이야기들을 정리해 이 책에 담았습니다. 그리고 한 권의 책으로 펴내기에는 분량이 작은 것 같아 그동안 여러 자리에서 여러 방법으로 남긴 글들을 먼지 털듯 모아 함께했습니다.

✠

어떤 글을 온전히 읽고 행간의 의미까지 살피기 위해서는 시대적 배경을 이해하는 것이 가장 바람직한 일입니다. 지나고 나면 모든 시대가 격동의 시기였다고 말들 합니다. 제가《경향잡지》편집인으로서 글을 쓰던 당시도 격랑의 시절로 기억됩니다.

먼저 우리 교회 안에서는 베네딕토 16세 교황이 사임하고, 아르헨티나 베르골료 추기경이 처음으로 '프란치스코'라는 이름을 선택해 교황직을 계승했습니다. 프란치스코 교황은 2014년 우리나라를 사목방문해 8월 16일에 '윤지충(바오로)과 동료 순교자들'을 복자품에 올렸습니다. 교황 방한은 신자들뿐만 아니라 선의의 국민들에게 큰 기쁨이 되었죠.

이와 달리 국내 정치 상황은 이명박·박근혜 정부가 적지 않은 물의를 일으키며 혼란을 가중시키던 때였습니다. 결국 몇 년 뒤 1000만 명이 넘는 국민이 광화문에 모여, 손에 손에 촛불을 들고 정치와 사회개혁을 외쳐야 할 정도로 어둡고 뒤숭숭한 시기였습니다. 국민만이 아니라 우리를 둘러싼 자연환경마저 고통을 겪어야 했던 이 혼돈의 시기에, 한국천주교회는 복음 정신에 따라 나름대로 목소리를 내어왔습니다. 미력하나마 '권두언'을 통해 보냈던 저의 작은 목소리를 독자 여러분께 전해드립니다.

적지 않은 세월이 흘렀습니다. 다시 돌아보는 그때와 지금의 정치사회적 환경은 어떤 변화가 있었는지 객관적으로 비교해 보는 것도 좋을 듯합니다. 평가는 온전히 독자 여러분의 손에 맡기렵니다.

✠

그리스말 '아남네시스(ἀνάμνησις=anammesis)'는 '기억, 추억, 회상, 회고'라는 뜻을 지니고 있습니다. 일반적으로 우리는 어떤 사건이 발생하거나 뭔가를 학습한 직후에 가장 많이, 가장 잘 기억합니다. '아남네시스'는 시간이 어느 정도 흐른 뒤에 더 뚜렷하게 생각나는 현상을 가리키는 단어이기도 합니다. 지난 시간을 되돌아보면서 모아놓은 이 글들에 잘 어울린다고 생각하여 책의 제목으로 삼았습니다.

전공이 아니기에 모든 분야에서 문외한이었던 제가 '권두언'에서 다양한 주제로 목소리를 낼 수 있도록 여러 방법과 경로(글, 시, 그림, 사진 등)를 통해 조언과 격려를 해주신 분들이 많습니다. 개별적으로 감사를 드리지 못함을 송구하게 생각하며 이렇게나마 부족한 인사를 올립니다.

2022년 2월
이 기 락

03. 그리스도인의 길, 인간의 길

04. 아남네시스(기억) & 케리그마(선포)

01

그리스도인으로 살아가기

"주님만으로 충분합니다!
Solo Dios basta!"

_아빌라의 성녀 데레사

빈 무덤에서 출발하는 부활의 꿈
2011. 04.

'발굴 금지 기간 3년, 규정 위반 시 300만 원 이하 벌금에 처함'

가축전염병예방법에 따라 '살처분' 당한 가축들의 매립지에 묘비처럼 꽂힌 팻말의 문구가 가슴을 아리게 합니다. 봄이 오고 날이 풀리면서 구제역 재앙은 수그러드는데 지구촌 한쪽에서는 흙을 부어 짐승을 생매장하듯 민주화를 외치는 시민들 머리 위로 폭탄을 퍼붓습니다.

가까운 나라 일본에는 가공할 만한 천재지변이 엄습했습니다. 9.0의 지진과 쓰나미, 원전 폭발과 방사능 피폭, 그리고 여진이 이어져 일본 열도 전체를 충격과 공포와 혼돈으로 몰아넣고 있습니다. 정신적인 공황상태에서도 침착하고 냉정하게 처신하는 일본인들의 모습에서 연민과 뜨거운 인간애를 느낍니다.

절망상태에서, 모든 것이 끝난 것 같은 참담한 상황에서도 지구촌 곳곳이 다시 시작할 수 있는 희망과 용기로 이 자연재해, 재난, 재앙을 극복할 수 있기를 기도합니다.

부활 신앙은 빈 무덤에서부터 출발합니다. "평화가 너희와 함께!" 하고 인사하시는 주님 부활의 은총이 온 누리에 봄볕처럼 찬란히 내리기를 빕니다.

엠마오로 가는 두 제자에게 예수님이 나타나신 곳으로 추정되는 장소인 아부 고쉬(키르얏 아나빔)에 세워진 성당. 부활하신 주님께서 문을 열고 나오실 것만 같은 따뜻하고 평온한 분위기다.

"저희와 함께 묵으십시오."(루카 24,29)

부활하신 주님께서는 영원을 향해

매일 시간을 걸어가는 우리에게

당신을 계시하시면서

동행해주시는 분.

엠마오 제자처럼

우리도 주님을 붙들어야 한다.

가서 좀 쉬어라

2011. 07.

뙤약볕과 장대비 속에서 여름은 가을의 결실을 부지런히 준비합니다. 혹시 삶을 경주라고 생각하면서 결승점에 가장 먼저 도달하려고 무섭게 질주하고 있지는 않나요? 그래서 주변의 아름다운 풍광을 모두 놓치며 살고 있는 건 아닌지요? 장마가 아직 걷히지 않은 이 시기에 휴가와 휴식을 언급하는 것이 조금은 일러 보이지만 건강한 여름을 지내고 더욱 알차고 보람 있는 결실을 거두기 위해 잠시 멈추는 것도 필요하다고 생각합니다.

창조주 하느님께서는 창조의 일곱째 날을 안식일로 제정하시고 피조물 모두가 상생하도록 배려하셨습니다. 그리스도인은 '주님의 날'이 우리 생활의 중심이며 '휴가·휴식·쉼'이 멈춤의 시간 그 이상의 것으로, 하느님 사랑의 커다란 선물임을 깨닫고 감사를 드립니다. 특히 주일의 휴식은 하느님 안에서 참된 평화와 기쁨을 체험하면서 가족과 주변 사람들과 함께 이 행복을 나누는 것임을 잘 알고 있습니다.

인간의 품위를 지키기 위해서도 휴식은 필요합니다. 자연의 질서와 조화를 위해서 모든 피조물에게도 휴식이 필요합니다. '거룩한 주일과 참된 쉼'이 하느님 안에서 쉰다는 의미가 무엇인지 함께 성찰하는 기회가 되었으면 합니다. "주일은 부활의 날이요 그리스도인들의 날이며 바로 우리의 날입니다."(성 예로니모)

"너희는 따로 외딴곳으로 가서 좀 쉬어라."(마르 6,31)

첫번째 파견에서 용솟음치는 기쁨을 체험하고 돌아온 제자들이 자신들이 한 일과 가르친 것을 예수님께 보고하자 주님께서 하신 말씀입니다. 그래서 제자들은 외딸고 조용한 곳에서 주님과 함께 오붓한 시간을 가졌습니다.

"고생하며 무거운 짐을 진 너희는 모두 나에게 오너라. 너희에게

갈릴래아 호숫가 베드로 수위권 성당

안식을 주겠다."(마태 11,28)

　주어진 환경에서 최선을 다해 열심히 살아가는 사람들에게 하신 주님의 말씀입니다. 착하게 살려고 하다가 지쳐버린 사람, 좋은 일을 하려다가 실망한 사람, 곧 하느님을 위해 하느님 때문에 고생하는 사람들에게 하신 주님의 말씀입니다.

그리스도인으로 살아간다는 것은

2011. 09.

아주 이른 시기부터 교부들은 '그리스도인'을 천상을 향해 지상을 여행하고 시간을 걸으면서 영원을 찾아가는 '순례자(πάροικος)'라고 정의했습니다. 그리스도인들이 영원을 찾아가는 순례자라고 하지만 이 세상에서 숨을 쉬며 살아가는 동안에는 누구도 예외 없이 치열한 경쟁과 숙명적으로 조우하게 됩니다.

극심한 경쟁사회 안에서 젊은이들은 꿈과 낭만을 잃어가고, 진리 탐구와 학문도 생존을 위한 도구로 전락한 듯합니다. 취업의 좁은 문을 뚫기 위해 '스펙(학력, 학점, 토익 점수, 해외연수 등) 쌓기'에 전념해야 하고, 취업을 하더라도 피 말리는 줄서기 등을 통해 승진 대열에 끼어야 합니다. 밀리지 않으려면 밀어내야 생존할 수 있다고 암묵적으로 가르치고 배우고 있는 것만 같습니다. 배움의 전당 상아탑에까지 죽음의 문화가 드리워지는 듯도 합니다. 인간의 기본 품위를 지키며 살아가는 일마저 어려워진 것 같습니다.

이런 현실 안에서 그리스도인으로 살아간다는 것은 과연 어떤 삶일까요? 이번 호 '경쟁사회에서 그리스도인으로 살아가기'가 순례의 길을 걷는 우리에게 하나의 이정표가 되었으면 좋겠습니다.

(위) 비잔티움 시대에 벳자타 연못 근처에 세워진 기념 성당 유적
(아래) 바르톨로메 에스테반 무리요(Bartolomé Esteban Murillo), 〈벳자타 연못에서 중풍환자를 치유하는 그리스도Christ healing the Paralytic at the Pool of Bethesda〉 (1667~70)

벳자타 연못(요한 5,1-18)에 주님의 천사가 내려와 물이 출렁거릴 때 맨 먼저 못에 들어가는 병자는 무슨 질병에 걸렸더라도 낫게 된 다는 이야기가 전해지고 있었습니다. 당연히 세상의 모든 병자들이 그야말로 필사적으로 서로 먼저 들어가려고 하였습니다.

그곳에 서른여덟 해 동안이나 병을 앓으면서 한순간도 희망의 끈을 놓지 않던 병자가 있었습니다. 그는 혼자서는 아무것도 할 수 없는 처지였지만 차마 그곳을 떠나지 못하고 항상 자리를 지키고 있었습니다. 언젠가 자신이 가장 먼저 물속에 들어갈 수 있으리라는 희망은 사실 불가능에 가까운 것이었을 겁니다. 어쩌면 잔인하기까지 한 열망이었습니다.

경쟁의 아레나(arena)를 떠나지 않고 있던 그 병자에게 예수님이 다가가 말씀하셨습니다. "일어나 네 들것을 들고 걸어가거라."(요한 5,8)

숨 막히는 전쟁터, 이 삶의 자리에서 떠나거나 자유로워질 수 있는 첫걸음은 살아계신 주님을 진정으로 만나는 데서부터 시작됩니다.

"하느님만으로 충분합니다Solo Dios basta!"(아빌라의 성녀 데레사)

흙으로 다시 돌아갈 것
2011. 11.

황량해지는 들녘과 나목, 갈색으로 바뀌는 산천. 11월의 숙연함은 자연이 우리에게 주는 소중한 선물입니다. 바로 인간 존재의 심연을 맞닥뜨리게 하기 때문이지요.

하이데거는 이 세상에 피투(被投)된 존재 인간에게 죽음은 마지막 가능성의 실현이라고 말합니다. 힌두교에서는 죽음을 '옷을 갈아입는 것'으로 이해하고, 그리스도교는 '새로운 삶으로 옮아가는 것'으로 고백해 왔습니다.

로빈 샤르마는 "얘야, 네가 태어났을 때 너는 울음을 터뜨렸지만 사람들은 기뻐했다. 네가 죽을 때에는 사람들은 울음을 터뜨리겠지만 너는 기뻐할 수 있도록 살아야 한다."고 충고합니다.

임종을 앞둔 성녀 소화 데레사는 "죽음이 나를 데려가는 것이 아니라 하느님께서 데려가시는 것"이라는 말씀을 남겼습니다.

위령성월 11월은 순례자인 우리가 '흙으로 다시 돌아갈 것'을 생각하는 때입니다. 만추, 사색의 계절, 내면으로 힘을 모아 곰삭도록 초대하는 은총의 계절입니다. 자신과 주변을 겸허하게 되돌아보면서 부질없이 우리를 감싸고 있는 많은 것을 뒤로하고 본질을 향하는 삶의 여정에 더 깊은 노력과 정성을 기울이는 시간이 되었으면

해군기지 건설을 이유로 평화의 섬 제주도의 세계 자연유산 구럼비 바위가 무참하게 발파되었다. 국가 공권
력에 의해 민초들의 작은 소망은 물론 평화가, 민주주의가 또 잔인하게 짓밟히고 있다.
2010년 12월 25일 구럼비 바위에서 평화의 임금으로 오시는 아기 예수님의 성탄 대축일 미사가 봉헌되었다
(왼쪽). '한 덩어리' 용암바위인 구럼비 바위 바로 앞에 범섬이 보이고 멀리 석섬과 문섬이 장관을 이루면서 고
즈넉하게 '평화'를 외치고 있다(오른쪽). (사진_김귀웅 신부)

좋겠습니다.

✠

'진리의 순례자, 평화의 순례자들'이라는 주제로 1986년 10월 요
한바오로 2세 교황이 시작한 '평화기도 모임' 25돌을 맞이해 금년 10
월 27일 이탈리아 아시시에서는 베네딕토 16세 교황이 주관하는 제
25차 '세계 평화를 위한 범종교 기도대회'가 개최됩니다.

지금 '평화의 섬' 제주는 그 애칭과는 달리 1.2킬로미터 구럼비 바
위의 수난이 세계적인 주목을 받고 있습니다. 제주의 작은 마을 강
정에서 '평화'라는 미명 아래 평화를 쪼아가며 해군기지를 건설하고
있습니다. 눈앞의 냉혹한 현실이 슬프고 애잔합니다.

2003년 10월 31일 정부는 한반도 최남단 제주에서 1948년 공권력
이 자행한 '4·3사태'를 공식 사과했습니다. 역사의 아픔을 떨쳐내고

'화합과 평화의 섬'으로 발돋움하려는 제주에 우리가 꿈꾸는 평화가 실현되는 건 불가능한 일일까요?

참된 평화는 상호 신뢰에서 시작됩니다.
"평화는 정의의 열매이고 사랑의 열매입니다."(사목헌장, 78항 참조)

말씀이 우리 가운데 계시다

2011. 12.

대림초에 불을 밝히고 내면에 구유를 가꾸면서 주님의 강생을 경축하는 12월이 시작되었습니다. '말씀이 우리 가운데 오신' 강생의 신비는 하느님 사랑의 극치입니다.

성탄과 연말연시 준비로 한껏 들뜬 세상은 한 해의 마지막 12월의 여운 속에 쾌락에서 '사랑받음'을 확인하라고 부추깁니다. 얼마 남지 않은 시간을 마음껏 즐기라고 유혹합니다. 텔레비전, 컴퓨터, 휴대폰과 잡지에서는 눈과 귀를 현혹하는 영상과 노래가 말초신경을 자극합니다. 마음 깊숙이 상처를 내면서 성(性)에 대한 잘못된 인식들을 각인합니다. 성을 쾌락의 도구로 호도하는 대중매체의 부정적인 영향으로 우리는 은연중에 그 유혹에 빠져들고 있습니다. '죽음의 문화'가 산그림자처럼 우리 삶터에 내려앉아 있습니다.

예수님은 "양들이 생명을 얻고 또 얻어 넘치게 하려고"(요한 10,10) 사람들의 세상에 오십니다. 아기 예수님의 탄생을 기다리는 이즈음은 일탈의 유혹과 위험이 밀려오는 연말이기도 합니다. 12월호 '경향 돋보기'는 지난 10년 동안 젊은이들의 임신, 낙태, 미혼모 급증이 성을 내면화하는 대중문화의 영향임을 역설하고 있습니다. 너무도

예수님 탄생 동굴의 별. 아기 예수님이 태어나신 동굴 바닥에는 은색별 '베들레헴의 별'이 붙어 있는데, 그 별 둘레에는 라틴어로 "Hic de Maria Virgine Jesus Christus Natus est."(여기서 예수 그리스도께서 동정녀 마리아에게서 탄생하셨다)라고 새겨져 있다. 별은 14각으로 되어 있는데, 인류 구원의 역사를 펼치신 십자가의 길 14처를 나타내는 동시에, 아브라함으로부터 다윗까지 14대, 다윗으로부터 바빌론 유배시대까지 14대, 그 후부터 예수님까지의 14대를 상징한다. (사진_김정희 마리 엠마)

충격적인 현실을 글로 읽으며 성탄대축일과 죄 없는 아기 순교자들 축일의 의미를 생각합니다.

아기 예수님의 탄생을 기다리며 한 해를 정리하고 마감하는 은총과 감사의 시기에 대중문화를 제대로 이해하고 받아들이는 혜안을 키워나가야 하겠습니다.

깊고 긴 밤의 혹독함을 견뎌낸 목동들 앞에 주님 영광의 빛이 비쳤습니다. 보잘것없는 몫에도 밤새워 충실한 이들이기에 연약한 아기 모습으로 오신 전능의 구세주를 뵈었습니다.

흔들리는 세상 속 짓눌리는 삶에도 희망을 잃지 않고 기다리던 백성들 가운데 아기 예수님이 태어나셨습니다. 작은 힘 보태며 함께하는 소중함을 알기에 임마누엘 하느님을 맞는 기쁨은 크기만 합니다.

감사하는 마음으로 한 해를 마감합니다. 귀한 글을 나누어주신 수많은 필자들과 애정과 열린 마음으로 글을 읽어주신 독자 여러분! 정말 고맙습니다. 밝아오는 새해도 주님 안에서 소망을 이루시는 행복한 해가 되도록 기도합니다.

다시 시작하는 자연의 파스카

2012. 04.

자연의 파스카(Pascha)라고도 하는 4월, 봄의 절정을 기다리며 맞는 부활대축일은 우리에게 큰 희망을 안겨줍니다. 죽음은 생명으로 다시 피어나고 어둠은 빛 속에 사라질 것이기 때문입니다.

권력 앞에서, 폭력 앞에서 민초들의 간절한 소망이 힘없이 잔인하게 짓밟힐지라도 끝내 진리가 승리하리라는 희망! 한 방울, 한 방울 떨어지는 낙숫물이 마침내 바위를 뚫게 되리라는 믿음! 모든 것이 끝장난 것 같은 암울함 속에서도 하느님의 정의가 반드시 이루어지리라 믿으며 '다시 시작'할 수 있는 용기! 이것이 바로 부활을 경축하며 사는 것입니다. 우리의 희망은 막연한 기대가 아니라 죽음을 이기고 부활하시어 참으로 우리 '주님(κύριος)'이 되신 바로 그분께서 주시는 희망이기 때문입니다.

늘 새로운 희망의 길을 열어주시고 이끌어주시는 부활한 창조주 하느님께 새 노래를 불러드립니다.

"하느님 주님께서는 모든 생명 있는 피조물 위에 비치는 희망이십니다."(셀레스틴 렝줴 신부)

스위스 루체른 호숫가의 평온한 모습이 우리를 감동시킨다. 자연과 더불어 상생하면서 하느님께 부활찬송을 올린다는 것이 정녕 불가능한 일인가! (사진_윤주현 신부)

봄을 맞는 나무들의 속삭이는 소리를 들으며 우뚝 솟은 생명의 나무, 희망의 나무, 자비의 나무, 사랑의 나무, 우리 주님의 십자가 나무를 바라봅니다. 그 나무에서 들려오는 부활찬송을 들으며 용솟음치는 생명의 빛, 부활의 빛을 맞이합니다.

고뇌와 눈물을 아시는 그분은 침묵 속에서 눈물을 닦아주십니다. 아픔이 눈물 되어 흐르는 우리 죄의 어두운 방을 자비의 빛으로 밝히며 사랑은 곪은 상처를 치유합니다.

한없는 용서로 다가오시는 그분은 평화의 옷을 입혀주시는 부활하신 예수님! 빛이 되고 평화가 되는 영원한 생명나무, 바로 우리의 희망과 사랑이십니다(최인비올라타 수녀, 〈생명나무〉 중에서).

믿음은 시작이요 사랑은 완성입니다

2013. 01.

"믿음은 시작이요 사랑은 완성입니다."(안티오키아의 성 이냐시오 주교)

'신앙의 해' 2013년 계사년, 육십간지(六十干支) 가운데 30번째인 뱀의 해입니다. "나는 이제 양들을 이리 떼 가운데로 보내는 것처럼 너희를 보낸다. 그러므로 뱀처럼 슬기롭고 비둘기처럼 순박하게 되어라."(마태 10,16) 하시며 사도들을 파견하신 주님의 당부대로, '슬기롭고 순박하게' 살아가는 데 도움이 되고자 올해도 20여 개의 새로운 칼럼을 마련하였습니다.

'저는 믿나이다', '구약의 맥', '성경과 가톨릭교회 교리서' 이 세 가지 특별 칼럼은 '신앙의 해'를 지내는 우리가 자신 안에 내재된 믿음의 바탕을 살피고 우리 믿음을 새로이 고백하며 굳건하게 하는 데 도움을 줄 것입니다. 또한 '그리스도교 성경 안의 유다 민족과 그 성서 해설', '사도들의 서간'은 복잡하고 다양한 삶의 자리에서 우리가 올바른 결단을 내리도록 도와줄 것이며 촌철살인 같은 '교부들의 명언'도 하느님을 믿고 사랑하는 것이 우리 존재 이유임을 깊이 깨닫게 할 것입니다.

‘아시아 교회를 향하여’, ‘땅끝까지 복음을’에서는 가난, 종교, 문화의 삼중고를 겪고 있는 아시아 교회들의 과거와 현재를 살피고 해외선교의 필요성과 현황, 활동내용, 발전방향 등을 점검해 볼 것입니다. ‘나의 주님, 나의 하느님’, ‘사랑하면 알리라’, ‘뜨겁게 만나다’는 평신도들의 신앙고백과 봉사체험, 신앙서적을 통한 하느님 체험의 고백으로 믿음은 사랑으로 완성된다는 사실을 새삼 확인하는 기회가 될 것입니다.

이 밖에 우리 믿음의 근간인 부활을 숙고하는 ‘부활의 영성’, 평신도 영성의 변천사와 대표적 평신도 영성가를 소개하는 ‘평신도 영성’, ‘세상 속 신앙 읽기, e-세상에서 영성을 살기’ 등의 영성 칼럼과 한국에서 순교한 선교사들의 고향을 찾아가는 ‘프랑스 순례’, 더불어 평화롭게 살아가는 삶을 지향하면서 한국과 세계의 여러 시(詩)를 소개하는 ‘시와 함께 눈뜨는 삶’도 있습니다.

2013년 ‘신앙의 해’ 신앙 여정이 동반자《경향잡지》와 함께 사랑으로 완성되어 풍성한 열매를 맺으시기를 기원합니다.

계사년 ‘신앙의 해’ 새해 아침의 기도

이탈리아 시칠리아의 팔레르모 주에 있는 작은 마을 체팔루는 옛날부터 유명했지만, 특히 지난해부터 요즈음 말로 세간에 뜨게 되었습니다. 그럴만한 충분한 이유와 가치가 있습니다.

체팔루 주교좌대성당 판토크라토르 (사진_김형주 이멜다)

1267년에 봉헌된 체팔루 주교좌대성당이 있고, 그 성당 안에 장엄하게 위용을 자랑하는 이콘 형식의 모자이크 '판토크라토르(παντο-κράτωρ, 전능하신 분)' 성화가 모셔져 있기 때문입니다. 이 성당은 이탈리아의 노르만 건축물 가운데 가장 원형이 잘 보존된 것으로 알려져 있습니다.

2008년 1월 19일, 성모마리아대성당으로도 불리는 이곳을 순례하는 은총을 누릴 수 있었습니다. 성당 내부를 압도하는 '우주의 통치자이신 그리스도(판토크라토르)'께서 우리를 반갑게 맞이하셨습니다.

인자한 그분의 눈길은 온 우주를 향해 열려 있고, 오른손으로는 모든 피조물에게 강복하시며 왼손으로는 생명의 말씀인 복음서를 제시하고 계십니다. 복음서에는 그리스어(왼쪽)와 라틴어(오른쪽)로 "나는 세상의 빛이다. 나를 따르는 이는 어둠 속을 걷지 않고 생명의 빛을 얻을 것이다."(요한 8,12)라는 말씀이 쓰여 있습니다.

이 작품을 보편교회 전체가 '신앙의 해' 상본 그림으로 채택하여 사용하고 있습니다. 빛이요 길이요 진리요 생명이시며 우주의 통치자이신 주님의 섭리에 모든 것을 맡겨드리며 기도합니다.

"저는 믿나이다. 주님, 저희에게 믿음을 더하여주십시오Credo, Domine, adauge nobis fidem."

제 정신은 제 생명의 찬란한 보물

2013. 09.

세례로 믿음의 문에 들어선 그리스도인 모두는 지상에서 영원을 찾아가는 순례자입니다.

약속의 땅 가나안을 향한 이스라엘의 광야 여정은 하느님을 그리며 이어지는 천상 예루살렘을 향한 예표이며, 일생을 통해 성부의 뜻을 실천하고자 진력하신 예수 그리스도는 성실한 순례자의 모범이자 예형입니다. 따라서 '그리스도를 따르는 것(Sequela Christi)'이야말로 순례영성이 지향하는 정신이며 순례의 목적입니다.

거룩한 장소를 찾는 순례는 구약 시대부터 이어져온 전통입니다. 오늘날 많은 교우들이 해외뿐만 아니라 우리나라 곳곳의 순교성지를 순례하면서 영성생활을 위해 신앙의 원체험(原體驗)을 기억하려고 애를 씁니다. 순례는 단순한 종교여행이나 관광이 아니라 하느님을 향해 나아가는 영적 여정을 담은 신앙의 행위이기에 개인적으로 구체적인 회개와 연결되어야 합니다.

우리가 걷고 살아내야 할 순례의 길은 하루치의 양식을 얻기 위해

"순례자의 모후이신 성모 마리아님, 저희를 위하여 빌어주소서. 아멘."
유럽을 여행하다 보면 골목이나 도로 옆에 세워진 성모상을 자주 만나는데, 그레고리안 성가로 유명한 프랑스 솔렘 수도원 마을에서도 성모자상이 우리를 반겨주었다. 영원을 향해 시간을 걸어가는 인생 순례의 길에서 성모 마리아는 순례 여정을 밝혀주는 희망의 별이시다. (사진_이선미 로사)

하루하루의 울음과 웃음, 인내와 나눔, 고통과 영광으로 점철된 가파른 삶인지도 모르겠습니다. 이 순례의 여정을 걸어가면서 유혹이 없을 수 없지만 늘 아우구스티노 성인의 권고를 기억하며 가면 좋겠습니다.

"노래하며 나아갑시다. 하느님은 우리 행군의 끝이십니다."
"우리는 육체 안에 머물러 있는 동안 주님에게서 떨어져 순례하며

믿음으로 걸어갑니다. 직접 보면서가 아니라 믿음으로 걸어가는 것입니다."(아우구스티노, 《설교집》, 21)

⸎

불기둥과 구름으로
당신 백성을 인도하신 분,
쫓기는 백성에게 파도를 갈라
길을 열어주신 분,
기대하지도 않은 이들에게
기적의 빵을 내려주시고
바위에서 샘을 솟게 하신 분,
오늘 제게 길동무로 오시어
풍성한 여정이 되게 하소서.
…
제 정신은 제 생명의 찬란한 보물이오니
인생의 마지막 길을 갈 때까지
새처럼 당신께 날아가게 하소서.
그러면 고통의 끝인 당신 계신 곳에
도달할 것입니다.

그리스도 주님,
당신 위해 살고
당신 위해 말하고

당신 위해 자리에 앉습니다.

당신 위해 걷사오니

당신 손길로 저를 감싸소서.

당신은 곧은길이시니

여정의 마지막 순간까지

저를 인도하소서. 아멘.

(나지안조의 성 그레고리오, 〈행복한 여정을 위한 기도〉)

그리스도를 따르는 것
2014. 12.

교황청 수도회성은 제2차 바티칸공의회 문헌 「수도생활의 쇄신에 관한 교령」 〈완전한 사랑Perfectae Caritatis〉(1965.10.28.) 반포 50주년을 맞아 수도생활이 완전한 사랑을 위한 봉헌생활임을 재천명하며 2014년 11월 30일부터 2016년 2월 2일까지 '봉헌생활의 해'를 선포했습니다.

지난 세월을 '감사하는 마음으로 기억하고' '힘들고 민감한' 시기이기에 희망으로 미래를 끌어안으며, 이러한 희망으로 '현재를 열정적으로 살고자' 교회는 봉헌생활의 해를 지냅니다. '그리스도를 따르는 것'이 얼마나 아름다운지를 증언하고 특히 세상의 변두리에서 가난한 이들과 함께 현존하며 '세상을 일깨우고자' 노력할 것입니다.

초기 사막 교부에게 수도자가 어떻게 살아야 되는지 묻자 그가 대답했습니다.

"수도자는 하늘나라를 향한 여정에서 넘어지면 일어서고, 다시 넘어지기와 일어서기를 반복하면서 앞을 향해 나아가는 사람입니다."

넘어졌을 때 일어서는 힘은 영원을 향한 그리움에서 나옵니다. 영원하신 분께 맛들이고 영원히 머물 곳을 그리워하는 사람은 세상의 헛된 풍파에 쉽사리 흔들리지 않습니다. 오늘도 그리스도께 삶을 봉헌한 많은 이들이 관상 수도회, 사도직 수도회, 평신도 신분으로 복음적 권고를 실천하며 "하느님만으로 충분합니다."라고 고백한 아빌라의 대 데레사 성녀처럼 충일한 삶을 살아가고 있습니다.

세상의 참된 누룩이 되고자 노력하는 그들을 내비게이션 삼아 "하느님께 피어오르는 그리스도의 향기"(2코린 2,15)인 우리 모두도 지

겨울나무는 충실한 자세로 약동하는 봄을 준비합니다. 봉헌은 끝까지 기다리고 끝까지 희망하는 겨울나무와도 같습니다. 그래서 더욱 부시도록 아름다운 삶입니다. (사진_이선미 로사)

난 세월을 감사하는 마음으로 기억하고, 희망으로 미래를 끌어안으며, 그 희망으로 현재를 열정적으로 살아가는 봉헌의 한 해가 되면 좋겠습니다.

✑

"텅 비어 있으면 남에게 아름답고 내게 고요합니다."(이철수)

가진 것과 지닌 것이 참으로 많은 우리가, 청빈하게 살아가는 수도자들을 바라보면서 항상 존경하며 부러워하는 이유가 여기에 있습니다.

어느 수녀원 화실에서 익명의 작가가 쓴 '수도자란'이란 제목의 글을 인상 깊게 읽었습니다.

"수도자란 높이지 않으며, 떠벌리지 않으며, 앞세우지 않으며, 다투지 않으며, 얕보지 않으며, 굽히지 않으며, 숨길 것 없으며, 탐할 것 없으며, 꾀부리지 않으며, 불 꺼진 곳에 한 점 빛이고자 밀알처럼 썩는 아픔과 기쁨을 누리고자 오직 이름 없이 살기를 원한다. 진실로 죄지은 이의 짐을 지고 가는 지게이고자 남을 복되게 해놓고 맨 나중에 행복하기를 원한다. 그리고 끝내 자신의 이름을 지워버리고 떠나간다."

수도자들의 봉헌생활은 한 해의 농사가 아닙니다. 추수할 때를 미리 알지 못하지만 묵묵히 기원하며 정성을 다할 뿐인 나날입니다. 한 알의 씨앗처럼 순간순간 간절한 기다림과 그리움으로 충실한 사랑의 삶을 살다 보면, 마침내 "우리의 모든 소망 이뤄지는 그곳 영원한 천상행복"을 누릴 수 있겠지요. 성모님이 아기 예수님을 성전에 봉헌한 바로 그날처럼, 가장 티 없이 가장 귀한 보물을 봉헌한 수도자들과 함께 기도합니다.

"동정녀의 모후이신 동정 성모마리아님, 수도자들과 저희를 위하여 빌어주소서."

영원을 향하여 시간을 걸으며

2015. 02.

"나는 당신을 위해 태어났습니다Para Vos Naci."(아빌라의 성녀 데레사)

"주님만으로 충분합니다Solo Dios Basta!"(아빌라의 성녀 데레사)

"모든 것이 은총입니다Tout est grâce!"(소화 데레사)

2015년(봉헌생활의 해) 2월 2일 주님봉헌축일

당 부 _ 김규동

가는 데까지 가거라
가다 막히면
앉아 쉬거라

쉬다 보면
보이리
길이

그림_임근배 야고보

희망과 함께 시작한 새해 2월은 멀리 나아가기 위해 잠시 머물러 쉬듯 가파르게 달려온 1월을 마감하고 숨고르기를 하는 달입니다.

건축설계사인 아마추어 화가가 보내온 '정중동' 그림이 지금 이 순간 우리에게 필요한 풍경 같습니다. 겨울의 한복판이지만 행복의 속삭임이 눈 밑에서 힘차게 들려오는 것만 같고 수줍어 숨어 있는 듯한 희망도 머지않아 불쑥 고개를 들 것 같습니다.

은혜로운 회개의 때, 사순
2015. 03.

"그러나 필요한 것은 한 가지뿐이다Porro unum est necessarium!"(루카 10,42)

"주님의 영이 계신 그곳에 자유가 있다Ubi Spiritus ibi libertas!"

그림_송경 클라라

예수님께서 피땀 흘리면서 기도하신 곳으로 알려진 올리브동산에 겟세마니 대성당이 세워졌다. 올리브동산에서 대성당으로 내려가는 돌계단에서 아주 작은 이 조각을 우연히 발견하였다. 눈에 들어오는 순간 강한 전율을 느꼈다. (사진_김인수 프란치스코 하비에르)

"아빠! 아버지!

아버지께서는 무엇이든 하실 수 있으시니,

이 잔을 저에게서 거두어주십시오.

그러나 제가 원하는 것을 하지 마시고

아버지께서 원하시는 것을 하십시오."(마르 14,36)

예수님의 이 간절한 기도에 하느님은 침묵을 지키셨습니다. 이번 사순절에는 예수님의 기도와 하느님의 침묵을 마음으로 헤아리면서 은총의 시간을 지냈으면 좋겠습니다.

성 토마스 아퀴나스는 "인내는 커다란 역경을 기꺼이 참아낼 때나 또는 피할 수는 있지만 피하지 않고 역경을 견디어낼 때 위대하다."고 하면서 "십자가는 온갖 덕행의 모범을 보여줍니다." 하고 말합니다.

처음과 같이 이제와 항상 영원히

2015. 04.

누군가를 따른다는 것은 그 사람을 뒤에서 보는 것이다.
하느님의 얼굴을 보고자 했던 모세는
어떻게 하느님을 뵙는지를 가르쳐주고 있다.

하느님께서 이끄시는 곳이면
어디든지 따라가는 것
이것이 곧 사람이 하느님을 뵙는 길이다.
(니사의 그레고리오 성인)

그림_송경 클라라, 〈동산〉

유네스코문화유산으로 등재된
불가리아 릴라수도원 천장화

예수님은
온갖 수모와 모욕과 조롱을 받으며
십자가의 죽음에 이르기까지
아버지의 뜻을 남김없이 받아들임으로써
모든 이름 위에 뛰어난 이름을 받아
판토크라토르(전능하신 우주의 통치자)가 되셨습니다.

사실 예수님은 처음부터 임금이셨습니다.
부활한 다음 비로소 임금이 되신 것이 아니라
수난의 순간에도 이미 임금이셨습니다.

02

그리스도를
따르는 길

"사랑하라, 그리고 네가 원하는 것을 하라.
Dilige et fac quod vis."

_성 아우구스티노

봄은 커다란 기쁨입니다
2011. 03.

신앙인의 백년지기 애독자 여러분, 삼한사한이란 말이 나올 정도에다 혹한보다 더한 구제역 사태까지 겹쳐 어느 해보다 추웠던 겨울이 지나고 또 봄이 오고 있습니다.

지난 2월호를 마감한 뒤 강우일 주교님은 "구제역 사태에 대한 그리스도인의 성찰"이란 소중한 글을 보내시며 이렇게 권고하셨습니다.

봄이 오는 길목에서 만나는 노루귀. 채 녹지 않은 동토에서 꽃을 피워올리는 봄꽃은 희망의 전령이다.
(사진_이선미 로사)

"교회가 오늘의 세상에 기쁜 소식을 선포하려면, 교회는 세상이 오늘 어떤 멍에를 짊어지고 있는지, 어떤 덫에 걸려 신음하는지, 또 어떤 아픔과 어떤 슬픔에 시달리는지 예민하게 공감하고 동반하는 삶을 살아야 한다."

혹한, 혹서, 폭설, 폭우, 지진, 가뭄…… 지구촌 곳곳에서 겪고 있는 아픔이고 시련이며 재난입니다. 지난겨울 혹독했던 추위를 떠올릴 때, 봄은 기적입니다. 추위의 한복판에서 간절히 그리워하던 그 봄에 우리가 지금 와있다는 건 커다란 기쁨입니다. 근심과 두려움에 눌린 마음으로도 주님 수난을 묵상하며 부활의 희망을 품을 수 있음은 주님의 커다란 은총입니다.

나는 행복합니다. 여러분도 행복하십시오

2011. 05.

교황 요한바오로† 2세 시복을 경축하면서

부활의 빛이 온누리에 가득한 5월에 모든 이들과 사랑과 감사를 나누도록 독려하는 날들을 만나게 됩니다. 가정과 청소년의 달, 하느님의 자비 주일, 생명주일, 성소주일, 청소년주일, 어린이·어버이·스승의 날, 이민과 근로자의 날, 그리고 5·18민주화운동 기념일 등.

올해 성모성월 5월을 시작하는 첫날에 우리는 '하느님의 자비 주일'과 '생명주일'을 지내면서 특별히 요한바오로 2세 교황의 시복을 설레는 마음으로 경축합니다. 세상을 끌어안으며 모든 이의 벗으로 다가왔던 평화의 순례자, 화해와 용서를 가르친 큰 스승이며 자애로운 아버지, 앞날을 내다보며 지혜의 빛을 밝혀준 세기의 예언자! 그분은 「생명의 복음」 회칙을 반포(1995)하시고 '하느님의 자비 주일'을 제정(2000)하셨습니다. 요한바오로 2세 교황의 시복은 주님께서 우리에게 주시는 특별한 은총이며 선물이고 자비입니다.

---

† 복자 요한바오로 2세 교황은 2014년 4월 27일 하느님의 자비 주일에 성 요한 23세 교황과 함께 프란치스코 교황에 의해 바티칸 성 베드로 광장에서 시성식을 갖고 성인품에 올랐다.

요한바오로 2세 교황이 태어나 자란 폴란드 바도비체 성모마리아대성당.
바로 옆에 있던 생가는 박물관이 되었다.

생명으로 충만한 계절에 《경향잡지》 가족들의 삶에도 생명과 진리를 선택하는 지혜와 용기가 넘쳐나기를 바랍니다. "나는 행복합니다. 여러분도 행복하십시오."라는 말씀을 남기신 복자 요한바오로 2세 교황의 전구로 행복한 사람으로 거듭나는 5월이기를 기도합니다.

요한바오로 2세 교황이 생의 마지막 순간에 봉헌한 기도는 매우 인상적이고 감동적입니다.

"주님, 저는 (일생 동안) 주님을 갈망해 왔습니다. 이제 주님께서 저를 찾아오셨습니다(I looked for You, now You have come to me)!"

이 마지막 고백에서 우리는 시메온의 기도를 다시 만납니다.

"주님, 이제야 말씀하신 대로 당신 종을 평화로이 떠나게 해주셨습니다. 제 눈이 당신의 구원을 본 것입니다."(루카 2,29-30)

언제나 그분을 믿습니다

최양업 신부 선종 150주년

"교회는 호교론자보다 증거자가 더 필요합니다."(교황 비오 12세)

이 말씀을 좌우명으로 삼고 시작한 2011년도 어느덧 6월에 들어섰습니다. 금년 상반기에 우리는 증거자의 삶을 산 두 분의 사제, 2년 전에 돌아가신 김수환 추기경과 1년 전 이 세상을 떠난 이태석 신부를 그리워하는 시간을 가져왔습니다. 이름만 불러도 가슴이 따뜻해지는 두 분의 숨결이 느껴지는 듯합니다.

6월 예수성심성월에 우리는 한국천주교회의 거목인 '길 위의 목자, 땀의 순교자' 최양업 신부의 선종 150주년을 기념합니다. 박해를 피해가며 하루 100리 길을 걸어 교우들을 찾아다닌 목자, 당시 유일한 한국인 사제로서 조선교회의 희망이자 기둥이었던 분, 무엇보다 뿌리 깊은 '형제애'와 '인간평등사상'을 바탕으로 모든 이에게 겸덕을 보여주었던 주님의 착한 목자!

그분의 희생적이고 영웅적인 덕행의 삶은 신자들의 귀감으로 우리 안에 살아 숨 쉬고 있습니다. 1861년 6월 15일 40세의 나이로 길 위에서 선종한 최양업 신부가 우리 마음속에 우뚝 솟은 신앙의 깃발

최양업 부제가 프랑스 함선을 타고 도착했던 고군산군도(현 전북 군산시 옥도면) 해변 전경

을 더욱 높게 해주시기를 청합니다.

6월 특집으로 마련한 최양업 신부의 하늘 닮은 삶이 《경향잡지》 가족들의 순교영성을 심화하는 계기가 되기를 바랍니다. 특히 예수 성심대축일 사제성화의 날을 맞이하며 한국교회의 모든 사제들이 겸허한 그분의 증거의 삶을 본받는 6월이기를 기원합니다.

1847년 조선 입국을 시도하던 최양업 부제와 메스트르 신부를 태운 프랑스 함선은 고군산군도 인근에서 좌초됐다가 다시 상해로 귀환해야만 했습니다. 최양업 부제는 천신만고 끝에 가까스로 닿은 조국 땅을 등지고 돌아서야 하는 심경을 자신도 모르게 하염없이 흐르는 눈물 속에 토로하며 기도했습니다.

"우리는 아직도 희망을 잃지 않고 낙담하지 않으며, 여전히 하느님의 자비를 바라고, 그분의 전능하시고 지극히 선하신 섭리에 온전히 의지하고 있습니다. 저도 하느님 안에서 영원히 희망을 가질 것이고, 하느님의 영광을 위해 일하려고 저 자신을 온전히 하느님의 손에 맡겼으니, 그분을 언제나 믿을 것입니다." (스승 르그레즈와 신부에게 보낸 1847년 9월 20일 서한 중에서)

1849년 12월 3일 최양업 신부는 칠흑 같은 어둠과 거센 광풍의 혹독한 추위 속에 관문 한복판을 지나 가까스로 서울에 도착했습니다. 그의 삶의 매순간은 하느님을 향한 온전한 내어맡김이었습니다.

언제나 열려 있는 믿음의 문

2012. 10.

제2차 바티칸공의회 개막 50주년과 《가톨릭교회 교리서》 반포 20주년이라는 두 기념일이 맞물린 10월은 '새로운 복음화'의 돛대를 드높이 세우면서 베네딕토 16세 교황이 자의교서 「믿음의 문」을 통해 제정한 '신앙의 해'(2012.10.11-2013.11.24.)가 시작되는 은혜로운 달입니다.

'믿음의 문'을 통해 하느님의 교회에 들어선 우리는 '교회쇄신'이라는 제2차 바티칸공의회의 정신에 따라 시대적 징표를 새롭게 읽고 이에 응답하면서 안간힘을 써왔습니다. 그럼에도 사회적 약자에 대한 우선적 선택과 사랑의 실천, 삶의 증언을 통한 반성과 회개, 끊임없는 쇄신 측면에서 답답함과 부족함을 느껴왔습니다.

21세기 들어 세상은 소비주의와 물질주의, 쾌락주의가 팽배한 가운데 죽음의 문화에 침잠되어 가고, 세속주의와 상대주의, 종교냉소주의와 무신론의 거센 도전에도 직면하게 되었습니다. 이러한 위기와 격랑의 시기에, 믿음에 대한 더욱 깊은 성찰과 신념과 희망과 새로운 확신으로 가득 찬 신앙고백이 절실한 때임을 성령께서 보편교

"믿음의 문은 언제나 우리에게 열려 있습니다."(「믿음의 문」, 1항) 타르수스 사도 성 바오로 성당 옆문. 2008년 바오로 사도의 고향 타르수스를 순례했다. '성 바오로의 문'으로도 알려진 '클레오파트라의 문'을 통하여 들어가, 비잔티움 시대에 봉헌된 성 바오로 성당을 찾았다. (사진_이선미 로사)

회에 뚜렷하게 보여주시는 듯합니다.

신앙의 해에 들어섬과 동시에, 제13차 세계주교대의원회(2012. 10.7-28.)에서 "그리스도 신앙의 전수를 위한 새로운 복음화"라는 주제로 교회가 직면한 많은 과제를 논의하고 현대인들이 이해하고 알아들을 수 있는 새로운 방식으로 그리스도의 말씀에 담긴 생명의 길을 새롭게 제안할 것이기 때문입니다.

'믿음의 문'을 다시 열면서 '신앙의 해'를 맞이하는 우리에게 사랑으로 행동하는 믿음만이 새로운 복음화를 위한 여정의 원칙임을 성령께서 일깨워주고 계십니다(「믿음의 문」, 6항 참조).

🐟

"저는 믿나이다. 주님, 저희에게 믿음을 더하여 주십시오Credo. Domine, adauge nobis fidem."

믿음으로, 성모님은 천사의 말을 받아들여 겸손하게 순명하시면서 당신이 하느님의 어머니가 되리시라는 예고를 믿으셨습니다(루카 1,38 참조).

믿음으로, 사도들은 모든 것을 버리고 그들의 스승을 따랐습니다 (마르 10,28 참조).

믿음으로, 제자들은 첫 공동체를 이루어 사도들의 가르침을 중심으로 모여 기도하고, 성찬례를 거행하고, 가진 것을 공유하며 필요한 형제들에게 나누어주었습니다(사도 2,42-47 참조).

믿음으로, 순교자들은 복음의 진리를 증언하며 자신의 목숨을 바쳤습니다. 복음이 그들을 바꾸어놓아 가장 위대한 사랑의 은총을 받을 수 있게 하였습니다.

믿음으로, 복음적인 단순함 속에 순명과 청빈과 정결의 삶을 살고자 모든 것을 뒤로하고 그리스도에게 자신의 삶을 봉헌한 이들이 있습니다.

믿음으로, 생명의 책에 이름이 기록된(묵시 7,9; 13,8 참조) 모든 세대의 사람들이 주 예수님을 따르는 아름다움을 고백해왔습니다.

믿음으로, 우리 또한 우리의 삶과 역사 안에 현존하시는 주 예수님을 생생하게 인식하며 살아갑니다(「믿음의 문」, 13항에서 발췌).

마음으로 느낄 때 스스로 치유 받는다

2013. 03.

1997년경부터 우리나라에서는 '힐링(healing)'이라는 단어가 마치 유행어처럼 종교계에서 시작해 사회 전반에 스며들어 왔습니다.

"오, 주님! 당신을 위하여 저희를 지으셨으니 당신 안에 쉬기까지는 저희 마음에 휴식이 없나이다."

아우구스티노 성인의 《고백록》첫 부분은 온 인류가 앓고 있는 불치의 병이 무엇인지 그리고 그 치유의 방법까지 담고 있습니다.

인류 구원 역사 안에서 '치유(healing)'는 단 한 번도 소홀히 다뤄진 적이 없습니다. 다만 가장 핵심적인 부분이 각기 다르게 표현되곤 했습니다. 우리 주님이신 치유자 예수 그리스도! 그분의 십자가 죽음과 부활에서 죄와 절망과 죽음이라는 불치병의 치유가 시작되고 완성됩니다.

아이들과 청소년·청년들·기성세대는 물론 산천초목에 이르기까지 너나 할 것 없이 대한민국 전체가 아파하고 있습니다. 분노와 분열과 갈등을 치유하고 개인적·사회적 대통합을 이루어야 할 때입니다.

교회는 예수님이 이루신 '인류의 치유'를 위해 노력해야 합니다.

터키 서남부에 위치한 파묵칼레에는 기원전 2세기경 페르가몬 임금 에우메네스에 의해 세워진 '거룩한 도시' 히에라폴리스가 있었다. 일찍부터 초대교회가 설립된 이 도시에는 온천물이 솟는 동굴이 있는데, 2~3세기 경부터 많은 사람들이 이 온천에 아픈 몸을 담그고 치료를 받았다. 마치 목화가 핀 것처럼 장관을 이루는 비취색 온천 풀이 고요하고 한가하며 황홀할 정도로 아름답다. (사진_이선미 로사)

보듬고, 위로해주고, 눈물을 닦아주는 것만으로는 충분하지 않습니다. 곪은 상처를 치유하려면 단호한 결단과 수술의 아픔과 고통이 필요합니다. 온전히 회복되기까지는 인내와 중용의 삶은 물론 정의를 바로 세우고, 평화와 생명을 지키는 일이 동반되어야 합니다.

희망은 주어지는 것이 아니라 노력으로 만들어가는 것이라고도 합니다. 지금 이 시점에서 우리 사회가 이토록 '힐링'의 절실함을 체감하는 이유가 과연 어디에 있는지 치유자 우리 주님, 예수 그리스도의 수난과 부활을 묵상하는 이 시기에 곰곰이 살펴보면 좋겠습니다.

틱낫한은 《마음에는 평화 얼굴에는 미소》라는 책에서 이렇게 충고합니다.

　"온 마음으로 걸으며 발밑에 대지를 느낄 때, 친구와 조촐하게 차 한 잔을 마시며 차와 우정에 대해 깊이 느낄 때, 그때 우리는 스스로 치유 받는다. 그리고 그 치유를 세상 전체로까지 확대시킬 수가 있다. 과거에 받은 고통이 클수록 우리는 더욱 강력한 치료사가 될 수 있다. 자신이 받은 고통으로부터 통찰력을 얻어 친구들과 세상 전체를 도울 수 있다."

그리스도인이 된다는 것은 예수 그리스도를 만나는 것

2013. 10.

"그리스도인이 된다는 것은 삶에 새로운 시야와 결정적인 방향을 제시하는 한 사건, 한 사람, 곧 예수 그리스도를 만나는 것입니다."(「하느님은 사랑이십니다」, 1항)

예수 그리스도를 만나뵙기 위한 은총의 순례 여정인 '신앙의 해'를 지내며 한국천주교회도 보편교회와 한마음으로 하느님 말씀에 귀 기울이고 기도하면서 그분의 뜻을 실천하려고 진력해 왔습니다. 신앙의 해 개막미사에서 빈 바구니를 봉헌한 몇 교구가 있었는데 매우 인상적이었습니다.

1년 전에 봉헌한 빈 바구니를 어느덧 채워드려야 할 때가 왔습니다. 빈 항아리가 물로 채워지고 포도주로 변화했듯이 우리 기도와 노력과 헌신으로 채워진 바구니는 하느님 대전에 향기로운 제물이 되고 길을 찾아 나선 이들에게 새로운 이정표가 되어줄 것입니다.

신앙의 해를 마감하며 프란치스코 교황은 첫 회칙 「신앙의 빛」을 반포했습니다. 신앙의 해를 지내면서 우리 믿음을 새롭게 다져왔지만, 순례 여정의 신앙의 행진은 계속될 것입니다. 우리 모두 '그리스도의 향기'(2코린 2,15)가 되어 하나의 신앙의 빛, 신앙의 별이 되었으면 좋겠습니다!

∝

교회의 어머니이시며 우리 신앙의 어머니이신 마리아께 드리는 기도

어머니, 저희의 신앙을 도와주십시오.
하느님의 말씀을 듣고
그분의 음성과 부르심을 알아차릴 수 있도록
저희의 귀를 열어주십시오.

저희의 땅을 떠나 그분의 약속에 신뢰하면서
그분의 발걸음을 따르고자 하는 갈망을
저희 안에 일깨워주십시오.

그분의 사랑이 저희를 어루만지도록
자신을 내맡김으로써
신앙으로 저희도 그분을 만질 수 있게 도와주십시오.

특히 시련과 십자가의 순간에,
저희 신앙이 성숙해져야 할 때
주님께 자신을 온전히 의탁하고
그분의 사랑을 믿을 수 있도록 도와주십시오.

파리 노트르담 대성당에서 아드님과 함께 세파를 헤쳐나가시는 듯한 성모님이 우리를 반겨주고 있다.
(사진_이선미 로사)

저희의 신앙에 부활하신 분의 기쁨의 씨앗을 뿌려주십시오.

믿는 이는 결코 혼자가 아니라는 사실을 상기시켜주십시오.

예수님께서 저희 길을 밝히는 빛이 되시도록

그분의 시선으로 보는 법을 가르쳐주십시오.

그리하여 저물지 않는 날이신 그리스도, 당신의 아드님,

저희의 주님께서 오시는 날까지

신앙의 빛이 저희 안에서 계속해서 강해지도록 하여주십시오.

(「신앙의 빛」, 60항)

바티칸과 한국천주교회는 인류의 소중한 자산

2013. 11.

　이탈리아 수도 로마에 위치한 바티칸 시국은 유럽연합과는 구별되는 하나의 독립국가입니다. 제2차 바티칸공의회가 한창 진행 중이던 1963년 12월 우리나라와 바티칸은 정식으로 외교관계를 맺어 올해로 수교 50주년을 맞이하게 되었습니다. 은총의 수교 희년(禧年)을 맞이해 한국 사회와 한국천주교회가 바티칸과 함께한 섭리의 시간을 되돌아봅니다.

　수교 이전에도 초대 교황사절 방 파트리치오 주교(1947)를 비롯한 역대 사절과 공사들은 국제사회에서 대한민국이 하나의 주권국가로 자리매김하는 데 큰 도움을 주었습니다. 미국과 옛 소련이 주도하던 냉전시대의 대표적 상징인 한반도 평화를 위해 많은 노력을 기울였던 점도 간과할 수 없습니다.

　실로 한국천주교회는 보편교회의 특별한 관심 속에서 발전해 왔습니다. 조선 말 네 차례에 걸친 참혹하고 모진 박해를 이겨낸 뒤 일제강점기, 6·25동란과 남북분단, 군사독재 시대를 거쳐 오늘에 이르기까지 이 땅의 빛과 소금의 역할을 자임하면서 530만 명을 웃도는

바티칸 베드로 광장 (그림_김형주 이멜다)

신자공동체를 이루게 되었습니다.

전 세계적으로 바티칸이 보유한 방대한 기구와 외교 조직은 국가적 이해관계를 초월해 인류의 평화를 위한 소중한 자산입니다. 바티칸은 오늘도 인류의 구원 여정에서 지대한 영향력을 행사하고 있습니다. 한국과 바티칸 수교 50주년을 맞으면서 양국이 변함없이 인류 평화와 공동선 증진을 도모하며 하느님 나라 건설에 이바지하는 계기로 삼았으면 좋겠습니다.

"교황? 그는 무장한 군대를 몇 사단이나 가지고 있지?"

교황의 정치적 영향력에 대한 의견이 나오자 스탈린이 했다는 유명한 질문입니다. 이를 전해들은 비오 12세 교황의 대답은 더 유명합니다.

"우리 군대는 모두 하늘에 있지!"

신앙인의 마음의 고향, 영원한 도시 로마에 자리 잡은 바티칸의 영향력을 극명하게 표현하는 내용입니다. 소련 공산권 몰락에 직간접적으로 영향을 끼친 분도 요한바오로 2세 교황이었습니다.

바티칸의 무장한 군대는 창을 들고 있는 근위대 30여 명뿐입니다. 그러나 최첨단 핵탄두미사일이 아닌 화살기도로 무장한 무수한 군대가 바티칸을 겹겹이 에워싸고 있습니다.

감사하는 마음

2013. 12.

"믿음은 시작이요 사랑은 완성입니다."(안티오키아의 성 이냐시오 주교)

신앙 여정의 동반자 《경향잡지》와 함께 사랑으로 완성되어 풍성한 열매를 맺으시기를 기원하면서 지난 한 해 동안의 좌우명을 되뇌어봅니다.

2013년은 다달이 '경향 돋보기'를 통해 거짓말로 얼룩진 지난 정권에 대한 '회고와 전망'을 시작으로, '대선 이후의 진정한 민주화'를 간절히 기원하며 '위로와 치유가 필요한 시대', '현대사회와 고독', '우리 이웃, 다문화가정', '정전 60년, 한반도 한민족' 등 우리 사회의 두드러진 현상과 현안들을 가려 뽑아 관찰, 판단, 실천이라는 사회교리 방법론으로 짚어보았습니다.

또한 교회의 사회교리와 신앙의 유산을 바탕으로 '지상의 평화는 불가능한가?', '가깝고도 먼 한일관계', '천상 예루살렘을 향한 순례', '신앙의 해 돌아보기', '한국과 바티칸 수교 50주년' 등 시기에 따른 제언을 이어왔습니다.

'땅끝까지 찾아가 모셔온' 프란치스코 교황은 하느님께서 우리에게 보내주신 참 예언자, 소중한 선물이셨습니다. 양 냄새가 나는 목

"한 해의 모퉁이를 돌 때
반짝이는 불빛이 그대였으면 좋겠습니다.
그 불빛에 물들어 함께 따뜻해지면 좋겠습니다."

그림_송경 클라라, 〈빛따라〉

자로서 '아래로의 행보'를 계속하시며 가난하고 겸손하게 다가오신 하느님의 사랑을 드러내고 계십니다. 바로 성탄의 신비를 삶으로 보여주고 계십니다.

　한국천주교회 또한 교황님의 모범과 일치하면서 낮은 이들을 높이고 가난한 이들을 채워주시는 강생의 신비를 더욱 깊이 살아갈 수 있으면 좋겠습니다.

　은혜로운 성탄과 새해를 맞이하여 2013년 한 해를 돌아보면서 감사하는 마음으로 두 손을 모읍니다.

✎

　해가 집니다. 한 해가 저물어가고 있습니다. 하루를 보내고, 한 해를 보내면서 어둠 내린 미지의 모퉁이를 돌 때 우리가 외롭지 않았으면 좋겠습니다. 어둠 속에서도 서로의 존재로 인해 덜 춥고 덜 쓸쓸하고 서로가 서로에게 희망이 되는 새해였으면 좋겠습니다. 어둠이 깊어서 지친 밤이어도 사랑으로 서로 기대며 힘이 되면 좋겠습니다.

　우리가 빛을 좇아가면 좋겠습니다. 어둠 속에서 안주하지 않고 힘겨워도 빛을 꿈꾸며 가면 좋겠습니다. 내가 너에게 그래야 하듯 우리 교회가 빛의 길을 여는 횃불이 되면 좋겠습니다.

　잃어버린 양 한 마리를 찾아 헤매신 예수님을 본받아 누구도 잃지 않도록, 누구도 잃어버린 길에서 절망하지 않도록 가장 따뜻한 바람으로 세상의 아픔을 보듬으면 좋겠습니다. 어둠을 밝히고 한기를 녹이고 영원한 구원의 길로 이끄는 지치지 않는 목자가 되면 정말 좋겠습니다.

한 해의 모퉁이를 돌 때 반짝이는 불빛이 그대였으면 좋겠습니다. 그 불빛에 물들어 함께 따뜻해지면 좋겠습니다.

기쁨과 희망을 전하는 길잡이

2014. 01.

《경향잡지》의 새해 좌우명은 '훈훈한 교회'입니다. "사랑하라, 그리고 네가 원하는 것을 하라(Dilige et fac quod vis)."라고 하신 아우구스티노 성인의 말씀대로 사랑 안에서 사귀고 섬기고 나누는 훈훈한 공동체를 이루어가면 좋겠습니다.

'103위 한국순교성인 시성 30주년'이 되는 2014년에 한국천주교회 200주년(1984)을 맞이해 제안한 '사목회의 의안'을 다시 살펴보면서 한국교회의 삶을 성찰하고 교회 쇄신의 길을 함께 고민해 보고 싶습니다.

또한 '사제와 선교사의 요람'인 전국 7개 대신학교와 신학원들을 소개하고, 치유와 깊은 영성을 갈망하는 이 시대에 '영성심리·상담'을 통한 영적 성숙의 길을 모색해 보고자 합니다.

'구약성경의 기도'와 '가톨릭교회의 기도'에서 전통적인 기도 방법을 배울 수 있을 것이며, '생명·가정·교육' 등 우리 삶의 근간을 이루는 핵심적인 문제도 다루어보려고 합니다. '구약성경의 맥'에 이어 '신약성경의 맥'이 계속 이어지고, 프란치스코 교황의 첫 회칙인

병인박해 때 무수한 신자들이 참수형으로 목 잘려 순교한 '절두산' 순교 성지 (그림_김형주 이멜다)

새로운 변화와 소통을 거부당한 시대에 굶주림과 박해 속에서도 의연히 맞서며 소통의 길을 찾았던 우리 순교자들. 눈 덮인 저 언덕, 아름다운 풍광으로 풍류객들이 산수를 즐기던 곳이 그 당시 막강한 권력을 휘두르던 흥선대원군의 불통과 쇄국정책 때문에 순교의 땅이 되었다. 죽음에서 새 생명을 꽃피운 우리 순교자들은 죽음의 문화가 만연한 이 시대를 사는 우리네 삶 속에서도 새롭게 살아 숨쉬고 있다.

「신앙의 빛」 해설을 통해 신앙에 대한 깊은 통찰이 이루어지길 기대합니다.

'글로벌 인문학'과 '어느 지구인의 우주에서 진리 찾기'도 새로 시작합니다. 청소년 자녀를 둔 부모님들은 '죽음의 문화를 거슬러'를 눈여겨보십시오.

교우들의 신앙체험을 담은 '나의 주님, 나의 하느님'과 '뜨겁게 만나다'는 지난해에 이어 새해에도 여러분에게 뜨거운 감동을 선사할 것입니다. 사랑을 받은 '교부들의 명언'과 '성지순례', '시와 함께 눈 뜨는 삶'도 계속 이어갑니다.

프란치스코 교황의 첫번째 권고 〈복음의 기쁨〉은 교회가 가야 할 길을 제시하고 있습니다. 새해에도 이 기쁨과 희망에 관해 누가 물어도 대답할 수 있도록 길잡이 역할을 자임한 '신앙인의 백년지기' 《경향잡지》와 기꺼이 동행해주시기를 청합니다.

예수님, 곧 복음을 만난 기쁨이 독자 여러분의 마음과 생활 안에 흘러넘쳐 신명나는 한 해가 되시기를 기원합니다.

하느님의 개방성과 친교 그리고 사랑을 드러내는 기쁨과 희망의 공동체, '훈훈한 교회'는 서로 소통하고 공감하고 배려하는 노력들로 가능해집니다.

사제들에게 양 냄새 나는 목자가 되라고 권고하신 교황님은 자신의 안위만을 걱정하는 폐쇄적인 문을 열고 거리로 나가 다치고 상처 받고 더럽혀진 사람들과 함께 호흡하는 교회, 손발에 흙을 묻히는 교회가 되어야 함을 강조하셨습니다.

교회는 홀로 존재하지 않습니다. 교회는 사회 속에서 역사와 함께 호흡하며, 끊임없는 생명력으로 세상을 치유하면서 교회 자신도 계속 성장하고 성화되어 왔습니다.

지금 우리가 맞닥뜨린 현실에서도 교회는 끊임없이 사회와 소통하는 방법을 찾아야 합니다. 진정한 소통의 길을 찾지 못해 헤매는 현 정부와도, 국민과 사회와 소통해야 함에도 애써 외면하며 편파보도를 일삼는 언론을 향해서도 교회는 지혜롭게 소통하는 방법을 제시해야 합니다.

한 해를 시작하며 소통을 바탕으로 화합을 이끌어내려면 어떤 노력을 기울여야 하는지 함께 고민해 보고자 합니다. 서로 공감할 수 있는 소통만이 화합을 이끌어내고, 진정한 평화를 이룰 수 있다는 사실을 우리는 직시하고 있습니다.

가난한 교회 행동하는 교회

2014. 02.

21세기 들어 신자유주의를 비롯한 불평등한 경제체제에서 파생된 부와 빈곤의 문제가 지구촌 전역에서 심각한 양상을 보이고 있습니다. 공정과 정의는 이미 인류에게 잊힌 지 오래인 것만 같고 빈부 격차는 상상도 할 수 없을 만큼 극심해졌으며, 끝을 모르는 탐욕과 권력에 대한 집착은 한없이 집요하기만 합니다. 그로 인해 야기된 불의와 불평등, 대립과 갈등이 암울한 사회문제로 심화되고 있습니다.

프란치스코 교황은 첫번째 권고 〈복음의 기쁨〉에서 고삐 풀린 자본주의를 새로운 형태의 독재로 규정하고 우리 모두 '가난한 교회', 곧 가난을 살고 가난한 이들을 위한 교회가 될 것을 촉구하셨습니다. 아울러 변화를 위해 '행동하는 교회'가 되어야 한다고 거듭 강조하셨습니다.

'세계 평화의 날' 담화에서는 사랑에 기초한 형제애의 실천으로 불평등과 빈곤, 차별과 불의의 여러 상황을 극복해 정의로운 사회를 이루고 확고하고 지속적인 평화를 이루도록 촉구하기도 하셨지요.

하나의 발걸음이 또 하나의 발걸음을 만나 함께 길을 가면 우리는 그것을 동행이라고 말한다. 갑오년 청마의 해가 하느님의 피조물 모든 것, 모든 이 안에서 즐거이 사랑하고 동행하며 뒹굴고 깨지면서 둥근 조약돌이 되어가고 달빛처럼 빛나는 여정이면 좋겠다. (그림_송경 클라라, 〈달빛〉)

사회적 약자의 억울한 눈물이 계속되는 한 우리 사회를 '정의로운 사회'라고 말할 수 없습니다. 하느님은 오늘 이 순간도 우리 모두에게 물으십니다. 아담아, "너 어디 있느냐?"(창세 3,9) 카인아, "네 아우 아벨은 어디 있느냐?"(창세 4,9)

✠

시인들의 재능 기부로 글쓰기 공부를 한 김인수 님은 〈새벽의 길 위에서〉라는 시로, 노숙인을 위한 문학축제 제2회 민들레예술문학상 대상을 수상했습니다. 이 시는 행복이 아주 가까운 곳, 바로 내 곁에 있음을 일깨워줍니다.

어둠이 사라지고 새벽이 옵니다
새벽이 오면 나는 매일매일
버려진 것들을 주우러 길을 나섭니다.

새벽의 길 위에서 수레를 끌며 천천히 걸으면
수많은 불빛이 환하게 반기며 밝히고
가고자 하는 목적지까지 갈 수 있도록 인도해주고
나는 원하는 '파지, 철, 알루미늄 깡통'을 길에서 얻게 됩니다.

그리고 그 길을 되돌아오면서 다시 걸으면
무거워진 수레가 더 고맙고
내일 새벽에도 오늘 새벽처럼 꼭 오늘만 같기를 바라게 됩니다.

새벽을 흔들어 깨우며 나를 건강하게 움직이게 해주시고
빛, 길, 고물을 선물해주시는 신에게 감사하고

고물을 보물처럼 고물도 보물처럼
새벽의 길 위에서
감사합니다
이제야 이 말을 더 제대로 배웠습니다
십 년 뒤에도 그 후에도 이 말을 절대 잃어버리지 않을 겁니다.

그분을 따릅니다

2014. 07.

오는 8월 14일에 프란치스코 교황님이 우리나라에 오십니다! 아주 반가운 복음, 기쁜 소식입니다. 재계에서는 발 빠르게 '프란치스코 교황 방한 효과'를 운운하고 있습니다. 미국 뉴스 전문 채널 CNN 방송은 천주교 신자임을 자랑스럽게 생각하는 사람이 많이 늘고 있다고 전합니다. 전 세계 많은 사람이 교황님의 행보와 행적에 신선한 충격을 느끼면서 환호하고 있습니다.

하지만 그분의 방한을 기다리는 우리는 놀라워하거나 감동에만 머물지 않고 그분의 발걸음을 따라나서야 합니다. 가난하고 소외받은 사람들을 아무런 조건 없이 받아들이고 검소하게 언행일치의 삶을 살아가시는 교황님처럼 우리도 람페두사로, 팔레스타인 분리장벽으로, 내전(분쟁)이 한창인 시리아로, 세월호의 참혹한 상처가 아물지 않은 삶의 현장으로, 잊어버린 또는 잃어버린 형제들을 찾아나서 세상 한복판에서, 형제들과 더불어 주님을 찾고 기억했으면 좋겠습니다.

2013년 미국 경제전문지 《포브스》가
세계에서 가장 영향력 있는 인물 4위로 선정한
프란치스코 교황 (그림_김형주 이멜다)

세상은 우리에게 '가만히 있어라' 합니다. 그런데 자세히 살펴보면 '가만히 있어라' 하고 요구하는 사람은 대부분 '갑'이고 '권력'이며 '윗사람'입니다. 하지만 우리는 발이 없는 종이배가 결코 아닙니다.

그저 머물러만 있으면 악화가 양화를 구축합니다. 끊임없이 선을 추구하며 분투하지 않으면 어느 순간 악은 코앞까지 닥쳐올 것입니다. 실제로 지금 이 세상에는 구석구석까지 사람을 소외시키고 고통스럽게 하며 심지어 죽음으로까지 몰고 가는 악이 만연해 있습니다.
그 악과 대면하며 악을 끊어버리고 공동선을 회복하자고 교황님은 간곡히 요청하시고, 모든 불의한 구조와 힘과 행태에 희생된 이들을 찾아 위로하며 주님께 기도하십니다. 평화의 사도로서 이 땅의 하느님 나라를 하염없이 촉구하십니다.

　주님의 음성이 또다시 우리 머리 위에 내리칩니다.

　"네 아우 아벨은 어디 있느냐?"(창세 4,9)

　우리 시대의 아벨을 찾아서 끊임없이 길을 떠나는 교황님이 우리에게 오십니다. 참으로 기쁜 일임에 틀림없지만, 우리를 찾아오시는 교황님도 우리에게 물을 것입니다.

　"그대들의 형제는 어디에 있습니까?"

순교자의 깊은 뜻을 새깁니다
2014. 08.

8월 16일, 프란치스코 교황님이 '윤지충 바오로와 동료 순교자 123위' 시복식과 미사를 봉헌하십니다! 한국천주교회 초기 순교자 124위의 시복은 우리 모두에게 큰 기쁨이요 하느님의 영광이 드러나는 순간입니다. 분명 시복은 주님이 우리에게 내리시는 특별한 은총이며 선물이고 자비입니다.

토마스 머튼은 고백합니다.
"성인은 우연히 만들어지지 않으며 순교자들은 인간의 선택이 아니라 하느님의 선택으로 만들어진다."

순교자의 영이신 성령께서 한국천주교회에 말씀하십니다.
"순교자의 영광이 너희를 비추고 있으니, 너희도 일어나 비추어라."

시복식을 준비하면서 우리는 열심히 기도하고 있습니다.
"저희가 모두 순교자들의 정신을 본받아 신앙의 새로운 열정으로 저희 자신과 교회와 사회의 복음화를 이룰 수 있게 하소서. 고통 받고 소외되고 가난한 이웃들과 함께하고 신앙의 빛을 전하며 사랑과 평화와 생명의 문화를 이루는 공동체가 되게 하소서."

⸌⸍

순교하신 우리 신앙의 선조들은 반상의 구별이 엄격한 신분제도를 뛰어넘어 사랑의 성사를 나누며 그리스도 안에 한 형제자매임을 삶으로 보여주었습니다. 당시로서는 경천동지할 일이었지요. 홍성의 백정 출신으로 알려진 황일광 시몬 순교자는 자신의 천한 신분을 알면서도 함께해주는 교우들 안에서 "천당은 이 세상에 하나가 있고 후세에 하나가 있음이 분명하다."고 말하곤 했답니다.

신분제는 사라졌지만, 또 다른 의미의 차별이 우리 사회 곳곳을 갈라놓고 있습니다. 어떤 의미에서 우리 교회도 여기서 자유로울 수 없습니다. "너희가 서로 사랑하면, 모든 사람이 그것을 보고 너희가 내 제자라는 것을 알게 될 것"(요한 13,35)이라는 예수님의 말씀을 생각할 때, 참으로 안타깝고 불행한 일이 아닐 수 없습니다.

생활고 때문에 목숨을 끊는 이웃이 있는 반면, 권력과 재화를 거머쥔 기득권층의 탐욕은 끝을 모르고 질주합니다. 그걸 뻔히 보면서도 눈을 지그시 감고만 있다면 우리에게 남은 것이라곤 공멸의 길밖에 없지 않겠습니까?

그리스도인의 태생적 의무는 함께 사는 것입니다. "누구나 저마다 자기 짐을 져야 하며, 서로 남의 짐을 져주어야 합니다."(갈라 6장 참조)

(왼쪽) 척박한 이 세상에서 이미 천국의 기쁨을 맛보며 살아간 순교자 황일광(시몬) 복자. 최후의 순간을 돕기 위하여 아내와 아들이 따라오자, 그들 때문에 어떤 유혹을 당할까 두려워 절대로 가까이 오지 못하게 하였다. (그림_권녕숙 리디아)
(오른쪽) 복자 윤지충 바오로와 동료 순교자 123위 성화 '새벽빛을 여는 사람들' (그림_김형주 이멜다)

인간 존엄과 공동선을 지키기 위해 민주사회의 시민 역시 상대를 존중하며 공존해야 합니다. 내 권리를 위해 타인의 권리를 침해해서는 안 될뿐더러, 타인의 권리가 훼손될 때 공동선을 위해 함께 지켜주는 것이 민주시민의 의무요 신자의 도리라고 생각합니다.

124위 순교자들의 시복 소식이 기쁨을 주는 요즈음, 그분들이 누렸던 자유와 지상의 천국을 살기 위해 그리스도인으로서, 민주시민으로서의 의무를 상기해봐야겠습니다.

사람 중심의 가난한 이들을 위한 교회

2014. 10.

　지난여름, 프란치스코 교황님의 방한은 여러 문제로 신음하며 열병을 앓고 있는 우리나라와 한국천주교회에 보내주신 하느님의 선물이었습니다. 그분의 너그럽고 관대한 마음, 진솔하고 겸손한 모습, 가식 없는 소탈함, 절제되고 담백한 말씀, 경건하면서도 소박하고 간결한 전례는 4박5일 동안 우리 모두를 열광하게 하고 하나로 만들었습니다. 그래서 그분을 만나는 모든 이의 마음에 곧바로 '예수 그리스도'의 모습을 떠올리게 하였습니다.

　교황님의 말씀 한마디 한마디는 아파하는 우리를 부드럽고 따뜻하게 치유하며 칼날처럼 우리의 심장을 꿰뚫어, 흐려진 우리 마음이 "무엇이 하느님의 뜻인지, 무엇이 선하고 무엇이 하느님 마음에 들며 무엇이 완전한 것인지 분별"(로마 12,2)할 수 있도록 정화해주었습니다.

　신자유주의의 노예가 되어 약육강식 본능사회로 질주하는 우리에게는 '멈춤'을, 물질주의와 이기주의, 분열을 일으키는 무한경쟁 사조에는 맞서는 '용기'를, 새로운 형태의 가난을 만들어내고 노동자들을 소외시키는 비인간적인 경제 모델들에는 '동화되지 말기'를 촉

"인간의 고통 앞에 중립은 없습니다." 2014년 4월 16일 진도 병풍도 앞바다에서 침몰한 세월호 희생자를 애도하며 만든 종이배로 가득한 서울광장 (사진_이선미 로사)

구하셨습니다. 그리하여 '사람 중심의 사회'를 건설하고 '가난한 이들을 위한 가난한 교회'를 만들라고 당부하셨습니다.

타종교 지도자들과 만난 자리에서는 '무관심의 세계화'로 치닫고 있는 지금, "인생은 혼자 걸어갈 수 없는 길"이라며 "서로를 인정하고 함께 걸어가자."고 권고하셨습니다.

"평화는 전쟁이 없는 상태를 말하는 것이 아니라 정의의 결과입니다." "인간의 고통 앞에 중립은 없습니다."라고 하신 교황님의 말씀은 이 세상에서 여러 가지 이유로 아파하는 사람들을 향한 하느님 자비의 말씀입니다. 하느님의 정의는 이루어집니다. 그 희망을 교회는 실천으로 보여주어야 합니다.

8월 14일부터 18일까지 우리나라를 사목방문한 프란치스코 교황님은 8월 20일, 바티칸 교황청 바오로 6세 홀에서 열린 수요 일반 알현에서 이번 방한이 갖는 의미를 '기억과 희망, 증언'이라는 세 단어로 설명하셨습니다. 방한 기간 동안 교황님의 강론과 연설의 키워드를 '사람 중심 사회를 만들기 위해 연대'하라는 것으로 요약하고 싶습니다.

약자로 대변되는 가난한 사람들과 이주민, 변두리 사람들의 생존을 외면하거나 짓밟지 말고 그들을 포함한 모든 사람과 연대하여 아름다운 공동체를 만들라고 교황님은 호소하셨습니다. 연대한다는 것은 상대방을 하느님의 모상으로 창조된 형제, 나와 똑같은 품위를 지닌 동등한 인간으로 존중하며 받아들이는 일입니다.

무려 300명이 넘는 꽃다운 생명을 앗아간 세월호 참사의 진상이 아직도 밝혀지지 않았는데, 경제를 위해 '세월호 타령'을 그만하고 대충 넘어가자는 태도는 사람보다 돈을 섬기겠다는 우리 사회의 '물신주의'를 적나라하게 보여주고 있습니다. 정치인도 아닌 우리가 이율배반적인 자화상을 보여주는 것 같아 너무나 부끄럽고 우리의 무능을 뼈저리게 느끼게 됩니다.

성모승천대축일 미사 후 삼종기도에서 교황님은 당부하셨습니다.
"공동선을 위해 연대하고 협력하는 한국인들의 헌신적인 모습을 확인할 수 있기를 바랍니다."

복음의 기쁨을 사는 교회

　2015년 을미년 양의 해, 양 냄새 나는 목자가 되라는 교황님의 당부가 떠오릅니다. 올해 《경향잡지》는 '복음의 기쁨을 사는 교회'를 좌우명으로 삼고 "가난한 이들을 위한 가난한 교회"가 되라는 프란치스코 교황님의 간곡한 권고를 잊지 않고 살아가려 합니다. 이 땅에서 기억과 희망의 지킴이가 되고 증언자가 되기를 바라신 교황님의 방한 메시지에서 키워드를 가려 뽑아 '기억'하고 신앙생활의 모범이 되는 분들과 공동체를 찾아 '희망'하며 한국교회의 방향을 가늠하고 과제를 짚어보면서 '증언'하려고 합니다.

　'봉헌생활의 해'를 지내며 '봉헌-완전한 사랑'을 되새겨보고 '봉헌생활의 기쁨'을 진솔하게 고백하는 남녀 수도자들의 글과 오는 10월 바티칸에서 열릴 '세계주교대의원회의를 준비하며' '가정-사랑의 공동체'를 위한 노력을 살펴보는 글도 마련하였습니다. 사이비 종교들이 곡해해 온 '요한 묵시록의 올바른 이해'와 '구약성경의 열두 주제', '신약성경의 기도', '요한의 서간들'은 참된 신앙의 바탕인 성경을 읽고 묵상하는 데 도움을 줄 것입니다. 이 밖에도 '새로운 유혹과 도전', '통일을 준비하며', '우주, 지구, 생명', '교육, 들여다보

무한한 가능성을 지닌 미지의 희망찬 새해가 7형제봉의 환영을 받으며 구름에 싸여 산등성이를 타고 서서히 다가오고 있다. (사진_권진수 프란치스코, 소청봉)

기', '발칸의 빛과 그림자 속으로', '함께 걷는 글길, 살길'과 편집자 문위원들의 '경향 수필'도 연재합니다.

재미만을 찾는 세태에 의미를 전하는 신앙인의 백년지기로서 독자 여러분과 함께 새해에도 기쁘게 동행하기를 희망합니다.

✢

"새해를 맞아 캘린더를 걸 때 우리는 그 속에 담겨 있는 1년간의 여백에 잠시 행복해집니다."(신영복,《더불어 숲》)

새로운 한 해를 선물로 받고 왠지 또 설렙니다. 새것은 늘 설렘과

함께 오나 봅니다. 새 옷, 새집, 새 친구, 새 일, 새 책……. 깨끗하고 윤이 나며 날이 선 새 책은 미지의 세계를 품고서 우리를 설레게 합니다. 정성과 열성으로 한 장 한 장 넘기면서 묻어나는 손때와 애정 담긴 손길에 닿아 일어나는 보풀로 낡아지는 책, 그 속에서 설렘은 새로워진 마음과 정신이 됩니다.

선물로 주어진 한 해, 그 시간 속에서 우리의 삶도 '낡아지면서 새로워지면' 좋겠습니다. '잠시'의 행복을 주었던 한 해의 여백이 매일 매일 정성과 보람으로 차곡차곡 채워져, 새날을 베푸신 시간의 주인께 이르는 '영원한 행복'으로의 여정이 되기를 소망합니다.

03

그리스도인의 길,
인간의 길

"시간은 흘러도 사랑은 남는다.
Tempus fugit, Amor manet."

_어느 묘비에 새겨진 글

일치와 나눔으로의 초대
2011. 08.

요즘 평범한 직장인, 학생, 심지어 어린이들까지 개인과 단체가 아껴서 모은 재산은 물론 전문지식과 기술 등 가진 것(재능)을 나눔으로써 새로운 기부 문화를 창출하고 있습니다. '재능나눔'이 우리 사회에 새로운 문화 트렌드로 아름답고 잔잔하게 퍼지고 있습니다. 그리스도인은 '일치와 나눔'의 삶으로 이미 초대되었습니다. 우선 가장 큰 보화인 예수님의 복음을 나누고 선포해야 하며 가진 재산, 재능, 시간, 따뜻한 마음을 서로 나누어야 합니다.

박완서 정혜엘리사벳 작가는 "주지도 않고 받지도 않은 타인에 대한 철저한 무관심이야말로 크나큰 죄라는 것을 나는 명료하게 깨달았다."라고 고백하였습니다.(《한 말씀만 하소서》)

한여름에는 단 한줄기 바람으로도 폭염을 식히고 한 잔의 물로 갈증을 말끔히 해갈할 수도 있습니다. 이 더위의 한복판에서 내가, 그리고 우리가 한줄기 바람, 한 잔의 물이 되었으면 좋겠습니다.

엘 그레코(El Greco), 〈오르가스 백작의 매장The Burial of the Count of Orgaz〉(스페인 톨레도 산토 토메 성당)

종기투성이 몸으로 부자의 대문 앞에 누워 구걸로 연명하던 라자로가 죽자 천사들이 그를 '아브라함 곁', 곧 하늘나라 잔치에 데리고 들어갔습니다. 값비싼 자주색 옷과 고운 아마포 옷을 입고 날마다 즐겁고 호화롭게 살아가던 부자도 죽어 묻혔습니다. 이 세상에서 라자로가 누워 있던 집 대문과 부자의 식탁은 아주 가까웠으나 천상에서 라자로와 부자 사이에는 큰 구렁이 가로놓여 있었습니다.

엘 그레코의 〈오르가스 백작의 매장〉과 '부자와 라자로의 비유'(루카 16,19-31)가 겹쳐집니다. 살아생전 가난한 이들을 위해 산토 토메 성당을 짓고 아낌없이 지원한 부자 오르가스 백작은 죽는 순간 남은 재산까지 이 성당에 봉헌했습니다. 신자들이 고마움을 기억하며 그린 그림 안에서 오르가스는 최초의 순교자 성 스테파노 부제와 성 아우구스티노 주교의 부축을 받아 하느님 품 안에서 영원한 안식을 누리게 됩니다.

루카 복음의 부자는 세상과 세상이 주는 행복에만 몰두하며 만족했기에 영원한 생명에 대해서는 생각할 겨를도 없었고 라자로를 포함한 타인에게도 철저히 무관심했습니다. 하지만 오르가스 백작은 큰 부자였던 아브라함처럼(창세 13,2) 아낌없이 나누고 베풀었습니다.

"가장 작은이들 가운데 한 사람에게 해준 것이 바로 나에게 해준 것이다."(마태 25,40)

새로운 세상을 여는 복음화의 길

2011. 10.

19세기 이래 산업화가 계속되면서 이농현상이 가속화되었고, 인구의 도시집중화는 불가피하게 도시빈곤층을 양산했습니다. 과학의 눈부신 발전에 편승해 모든 분야에서 IT산업이 주도하는 디지털화는 생활의 편익과 안락을 제공하며 물질적인 풍요와 삶의 질을 높여준 게 사실입니다. 하지만 감각적인 쾌락 추구에 따른 무질서와 윤리도덕을 포함한 기존 가치관의 붕괴도 촉발했습니다. 2000년을 전후로 앞다퉈 추진된 세계화는 지구촌 전체를 하루 생활권으로 묶어주었지만, 선진국 주도의 신자유주의 경제 체제는 지구촌 전체에 부익부 빈익빈 등과 같은 사회 양극화 현상을 더욱 심화시켰습니다.

이념적으로는 포스트모더니즘 이후 절대적인 진리와 가치가 부분적이고 상대적인 것으로 수용되었습니다. 그런가 하면 이에 대한 반동으로 극단적인 근본주의와 분리주의가 표출되면서 이념과 사상과 종교적 갈등도 깊어져 지역·종교·계층 간의 사회적 충돌과 마찰도 종종 발생하고 있습니다.

지구촌 한편은 가난과 기아로 신음하고 있는 반면 다른 한편에서는 과도한 생산과 소비로 엄청난 산업 폐기물과 생활 쓰레기가 배출되고 있습니다. 자연을 정복 대상으로만 생각하고 무분별하게 추진한 개발 때문에 지구는 환경과 생태 문제로 몸살을 앓게 되었습니다.

사회적·문화적·종교적·이념적·인종적 갈등과 충돌을 야기한 세계화는 결국 형태를 달리한 세속화의 또 다른 모습일 뿐이었습니다. 새로운 열정, 새로운 방법, 새로운 표현으로 복음을 전하는 복음화, 사회 복음화, 문화 복음화, 재복음화, 새 복음화가 더 절실한 상황입니다.

❧

2012년 10월에 열릴 제13차 세계주교대의원회의의 주제 '새로운 복음화'는 신자들에게는 성찰과 새로운 다짐을 통해 '진정한 그리스도인'의 길을 돌아보고, 비신자들에게는 진정한 '인간의 길'을 걷도록 제안합니다.

교황청 새복음화촉진평의회 의장 리노 피시켈라 대주교는 새 복음화를 위한 여정을 소개합니다. 유럽 대도시 주교좌성당을 중심으로 말씀 중심의 지속적인 성경 봉독(렉시오 디비나)이 이어지고, 청년과 가정, 예비신자들에게 헌신하는 교리교사 양성과 임명, 참회를 통한 화해성사, 신앙과 기도생활의 입증인 자선행위, 고전(예를 들면 아우구스티노 성인의 《고백록》)을 통해 다른 문화를 이해하고 이를 토대로 새 복음화를 위한 노력을 지속할 예정입니다.

선교(복음화)의 수호자 성 프란치스코 하비에르가 태어난 스페인 북부 바스크 지방 작은 마을 예사(Yesa)에는 기념관이 된 그의 생가가 있다. 하비에르 가족이 살던 이 집에서 가장 유명한 것은 '예수 그리스도 경당'에 모셔진 웃으시는 예수님 상이다. (사진_지경화 안나)

　'새로운 복음화'가 참 그리스도인으로 살아가는 데 도움이 되고 냉소가 아닌 믿음이, 절망이 아닌 희망이, 증오가 아닌 사랑이 승리하는 세상을 여는 새로운 복음화를 위한 하나의 제안이 되었으면 좋겠습니다.

세상에서 가장 큰 축복은 희망입니다

2012. 01.

    하느님께서 새해를, 새로운 시간을 또 선물로 주셨습니다. 늘 그러하듯이 새해는 '희망'이라는 선물을 베풀어줍니다. 《경향잡지》는 2012년 한 해를 "선한 이들의 삶은 성경의 살아있는 해설"(성 그레고리오 대교황)이라는 말씀을 기억하면서 살아가려고 합니다.

    올해도 '하느님, 교회, 세상'이라는 세 개의 큰 틀에서 성경과 교리, 말씀과 영성, 공동체와 복음화, 문화와 시평 등을 갈래로 이 시대를 살아가는 신앙인들에게 꼭 필요한 내용을 정성껏 담아 스무 개의 기고란을 마련했습니다. 바르게 행동하고 충만한 삶에 이르기 위한 행동 규범과 지침을 그리스도인들은 성경에서 찾아냅니다. 2010년 교황청 성서위원회에서 펴낸 〈성경과 도덕〉 해설'은 그리스도인 행동의 성서적 근거를 다룹니다. '요한복음 안에서 예수님과 친구되기', '간추린 사회교리' 등은 성경 이해와 그에 따른 신앙실천을 도와줄 것입니다.

    《고백록》을 비롯해 성인의 대작들을 소개하는 '아우구스티노를 만나다', 교회와 사회 원로들에게 삶의 지혜를 들어보는 '원로에게 듣는다', 온고지신, 반면교사가 될 '교회사에서 배운다', 수도원 뜰에 있는 깊은 샘에서 길어 올린 맑은 물 같은 '수도원 수필', 행복이 무엇인지 생각해 보는 '가톨릭 철학 에세이' 등도 연재합니다. 그 밖에도 '글로벌 생명학', '이스라엘 성지 길라잡이', '젊은이 발언대', '내 삶을 흔든 작품' 등 다양한 글들이 여러분을 찾아갑니다. 또한 지난해와 마찬가지로 '경향 돋보기'에서는 교회 안팎의 주요한 논점들을 심층 분석하여 뚜렷한 전망을 제시하도록 하겠습니다.

새해에도 《경향잡지》를 여러분의 신앙의 길벗으로 삼아 기쁘고 즐겁고 행복한 여정을 함께 걸어가지 않으시렵니까?

그림_송경 클라라, 〈길〉

1월을 지칭하는 라틴어 야누아리우스(Januarius)는 로마신화에서 문(門)의 신인 야누스에서 유래합니다. 한 해를 마감하고 다른 한 해를 시작하는 문을 통과한다는 의미에서 1월을 야누아리우스(영어 January)라 부른다고 합니다.

이 순간 지난 신묘년을 되돌아보면서 은총의 선물로 선사된 새하얀 임진년을 바라봅니다.

2011년 신묘년은 대지진, 쓰나미, 원전사고 등 자연재해와 인재를 포함해 가난과 기아, 전쟁과 테러로 점철된 한 해였습니다. 아프리카 튀니지에서 불붙은 재스민 혁명은 이집트, 바레인, 리비아, 예멘, 시리아, 이란까지 들불처럼 번졌습니다. 그 출발점은 사람다운 삶의 가장 기본적인 요구였습니다. 만성적인 빈곤 상태에서 생존을 위한 빵의 갈구였으며 장기 독재 치하에서 민주화를 갈망하는 목소리였습니다. 무엇보다 모든 것을 앗아가는 전쟁과 테러는 인간이 만들어낸 최악의 재앙이었습니다.

경제적으로는 미국식 신자본주의를 거슬러 미국 월가에 대한 반대 시위가 이어졌습니다. 99퍼센트에 대한 1퍼센트의 탐욕을 고발하는 자성의 목소리가 지구촌 구석구석으로 확산되어 메아리친 한 해였습니다. 그래서 우리는 희망과 함께 다시 시작하고 출발할 수 있는 새해를 갈망해 왔는지 모르겠습니다.

《경향잡지》는 새해에도 그리스도교 신앙과 가치관에 따라 정의롭고 공정하며 평등한 사회 분위기 창출을 위해 여러분과 함께 노력하겠습니다.

"세상에서 가장 큰 축복은 희망입니다."(장영희 마리아)

침묵으로부터 오는 봄

2012. 02.

　밤이 깊어지면 새벽이 동터오듯이 매몰차게 몰아붙이는 혹독한 추위를 견뎌내며 깊어가는 겨울은 조용하게 희망의 봄을 준비합니다. 죽음이 덮친 듯 미동도 하지 않는 벌거숭이 겨울나무 가지 끝, 정적이 깃든 고요하고 앙상한 가지 끝 싹눈 속에는 신기하게도 동면하는 생명이 봄을 기다리고 있습니다.

　덕분에 지혜가 있는 사람은 눈에 보이는 것, 보여지는 것이 전부가 아니며 더욱이 그것에 인생의 모든 것을 걸면서 쉽게 결단을 내릴 일이 아니라는 걸 깨닫게 됩니다.

　지구온난화에 따른 급격한 기후변화와 자연생태 질서의 붕괴, 무분별한 개발에서 촉발된 환경, 생태, 생명 문제를 비롯해 세계 곳곳에서 발견되는 기아와 폭력, 인권과 민주화 요구, 신자유주의 후유증 등으로 지구촌 전체가 몸살을 앓으며 어수선하게 임진년을 맞이한 지도 벌써 한 달이 지났습니다.

　2012년 올해는 전 세계의 약 20개국에서 대통령 선거가 예정되어 국제정치 판도에도 커다란 지각 변동이 예상되고 있습니다. 우리나라 역시 가까이는 총선이, 조금 멀게는 대선이 기다리고 있는데 산적한 많은 문제 가운데서 무엇보다 계층간 갈등과 사회 양극화 현상이 우리를 암울하게 합니다.

선거는 민주주의 체제에서 합리적으로 사회 변혁을 도출할 수 있는 제도적 장치입니다. 우리는 길고 긴 한겨울 혹한 같은 민주화 과정과 인권보다 성장을 앞세워가며 경제 발전을 추구하면서 오늘을 일궈왔습니다. 정의롭고 공정하며 인간다운 세상 건설에 한걸음 나아갈지 아니면 그 반대의 길로 접어들지 올해 두 차례에 걸쳐 중요한 결정을 하도록 우리는 요청받고 있습니다.

"봄은 겨울로부터 오는 것이 아니다. 봄은 침묵으로부터 온다."(막스 피카르트)

5년 임기 대통령과 4년 임기 국회의원 후보들이 그나마 민심을 가장 정확하게 파악하려고 애쓰는 시기가 바로 선거 직전 한두 달이 아닌가 생각합니다. 또한 그들이 가장 겸손하게 국민에게 다가가는 시기도 바로 이 기간일 겁니다. 그럼에도 인기에 영합하는 포퓰리즘(populism), 또는 득표에만 관심이 있는 '표(票)퓰리즘'의 유혹에 넘어가 공약을 마구 남발하는 시기도 역시 이 기간입니다.

선거 때마다 우리는 매번 이렇게 볼썽사나운 모습을 보아왔고 종종 거짓 공약에 현혹돼 올바른 선택을 하지 못한 채 버릴 것, 버리지 말아야 할 것 모두를 버려가며 오늘 이 순간의 현실을 자초하게 되

(위쪽) 아테네 한복판 아레오파고스 언덕에서 사도 바오로는 새로운 것을 배우고 토론하는 것을 과업으로 삼고 살아가는 에피쿠로스 학파와 스토아 학파 철학자들에게 "여러분이 알지도 못하고 숭배하는 그 대상"(사도 17,16-34)이 누군지 알려주겠다며 당당하게 주님을 선포했다. (사진_김정희 마리 엠마)

(아래쪽) 아레오파고스 언덕에서 바라본 아크로폴리스와 그 위에 우뚝 솟은 파르테논 신전. 그곳을 순례하면서 우리는, 사도 바오로가 선포한 말씀은 자신이 믿는 진리에 대한 확신뿐 아니라 인간에 대한 억제할 수 없는 사랑에서 비롯되었다는 점을 깨닫게 되었다. 아이러니컬하게도 민주주의의 본고장 그리스는 정치인을 비롯한 1%의 탐욕과 부패로 국가 부도 위기 사태에 직면해 있는데, 파르테논 신전 보수공사는 민주주의를 다시 복원하려는 노력처럼 보인다. (사진_주호식 신부)

었습니다.

공복과 공직자를 선출하거나 검증하는 선거 또는 청문회에서 경제적 측면을 우선시하며 후보자의 도덕성을 무시하거나 눈감아버리는 국가와 국민이 이 지구상에 과연 얼마나 있을까요?

거짓과 탐욕, 불의와 부정에 익숙해져 있는 후보자를 걸러내고 정의와 공정, 상생과 평화를 일구어낼 일꾼을 선택할 수 있는 기회가 선거입니다.

지구촌 전체가 급변의 가능성으로 혼란한 격동의 시기에 개인의 선익뿐 아니라 사회정의와 공공의 복지 등 삶의 질을 높이기 위해서도 2012년 국회의원 선거(4월)와 대통령 선거(12월)는 매우 중요합니다. 역사적으로 피할 수 없는 금년 선거에서 여러분은 어떠한 선택을 하시겠습니까?

"너희는 지파별로 지혜롭고 슬기로우며 지식을 갖춘 사람들을 뽑아라. 그러면 내가 그들을 너희의 우두머리로 세우겠다."(신명 1,13)

이제 우리는 폭력에 맞서야 한다

2012. 03.

왕따를 비롯한 학교폭력 문제가 지구촌 전체에서 심각하게 대두되고 있는데 우리나라의 경우는 가히 조직폭력배 수준이라고 합니다. 인성교육은 물론이고 윤리도덕 교과목마저 외면하며 국영수만 고집하는 교육정책, 2등은 결코 허용하지 않고 오직 1등만을 인정하고 요구하는 교육정책. 결국 원하지 않는 공부를 강요하면서 무한경쟁을 유도하는 교육당국과 학교가 폭력의 주체가 되었고, 그런 분위기에 내몰린 학생들이 폭력을 휘두르는 장본인이 되었다는 자성의 목소리가 높습니다.

뿐만 아니라 멀리는 일제강점기에 공권력이 자행한 폭력, 위안부 할머니 문제가 아직도 해결의 기미를 보이지 않습니다.

최근 그리스, 스페인, 포르투갈, 이탈리아 등 남유럽을 휩쓸고 있는 위기 뒤에는 관료주의에 빠진 무능한 정권과 부정부패 1퍼센트로 상징되는 부유층 탈세 난무가 있었습니다. 이것 역시 정치적 경제적 폭력이 아니겠습니까?

4·3사태, 4·19혁명, 5·16쿠데타, 광주민주화운동, 군사독재 시절

참혹하게 수난을 당하신 예수 그리스도. 스페인 부르고스 대성당 성체조배실의 예수님은 성 금요일처럼 십자가에 매달려 있다. 상처 가득한 예수님의 몸에 드리운 튜닉은 전례주기에 따라 달라진다. (사진_이선미 로사)

잔인한 고문……. 그리고 평화의 섬 제주도에서 아름다운 자연환경과 생태와 생명은 물론이고 합법적인 절차와 다수 의견을 무시한 채 국가안보와 허울 좋은 경제적 실익을 강조하며 강행하고 있는 강정마을 해군기지 건설도 예외일 수 없습니다.

공권력의 이름으로 공익을 내세워 희생을 강요하면서 자행되는 반인권, 반평화 행위는 참으로 가공할 만한 무서운 폭력임에 틀림없습니다.

⋈

십자가에서 돌아가신 예수님의 죄목은 국사범이었습니다. 그리스도교 첫 순교자 스테파노도 국사범이었습니다. 한국의 첫번째 방인 사제 김대건 신부 역시 국사범이었습니다. 예수님과 이들은 모두 지도층과 군중의 폭력과 폭거에 의해 희생되었다는 공통점을 갖고 있습니다.

사실 요즈음 우리를 더욱 무섭고 두렵게 하는 것은 폭력을 정당화하거나 미화하는 경향입니다. 특히 적지 않은 어린 학생들이 신체적·정신적·언어적 폭력에 시달리면서 최소한의 인간적 대접마저도 받지 못하고 있습니다.

폭력은 분명 이 세상을 살아가고 있는 우리를 둘러싼 삶의 한 부분이지만 동시에 우리 자신 안에서도 발견되기 때문에 소스라치게 놀라곤 합니다. 하지만 우리는 우리가 속한 세상의 폭력적인 현실을 모른 체하지 않으며, 더욱이 이 현실 때문에 절망하지 않습니다.

주님의 어처구니없고 억울한 수난과 죽음을 기억하고 아울러 그분의 성스러운 희생을 묵상하면서 절제와 회개의 삶을 살아가는 은총의 시기 사순절입니다.

이전에는 이른바 엘리트층을 중심으로 한 소수가 변화를 주도해 왔지만 이제는 우리 모두 함께 상대방을 배려하면서 폭력화하는 현실을 변혁해야 한다는 시대적 요청을 받고 있습니다.

"카야파는 백성을 위하여 한 사람이 죽는 것이 낫다고 유다인들에게 충고한 자다."(요한 18,14)

날 낳으시고 영생을 주신 어머니
2012. 05.

약한 자여, 그대 이름은 여자니라.

강한 자여, 그대 이름은 어머니라.

무서운 자여, 그대 이름은 아줌마니라.

무한한 잠재력을 지닌 여성의 놀라운 힘을 시사하는 농담 같은 표현입니다.

우리나라 가정이 흔들리다 못해 붕괴되고 있습니다. 가정이 그러니 사회는 말할 것도 없습니다. 성공한 자녀 뒤에는 훌륭한 어머니가 있고 이혼한 젊은 여성 뒤에는 보이지 않는 친정어머니의 영향력이 컸다고 한다면 편협한 남성 우월주의적 생각일까요?

가정과 사회 안에서 아버지의 역할, 남성의 역할을 간과하거나 과소평가하는 것은 결코 아닙니다. 더욱이 여성의 역할을 가정으로만 제한하려는 봉건주의적 발상도 아닙니다.

하지만 갓 결혼한 새 신부에게 가장 큰 영향을 주는 사람은 친정어머니입니다. 어린 자녀에게 꿈과 희망과 포부를 결정적으로 심어주는 어른도 어머니입니다. 그러므로 어머니는 우리의 미래를 설계

그림_송경 클라라

하고 결정하는 분입니다. 어머니가, 여성이 올바른 가치관으로 자녀를 양육하고 가정을 지켜야 할 이유가 바로 여기에 있습니다.

아내로서 여성의 역할이 필요한 때입니다. 무엇보다 어머니로서 여성의 역할이 절실한 때입니다. 아우구스티노에게 어머니 모니카는 "몸으로 날 낳으시고 마음으로 영생을 주신 분"이었습니다.

"그의 어머니는 이 모든 일을 마음속에 간직하였다."(루카 2,51)

현대사회는 진정한 어머니를 찾고 있습니다. 잃어버린 여성성을 그리워하고 있습니다. 남성화된 사회 안에서는 소통과 나눔, 베풂과 돌봄이 부족한 거칠고 삭막한 삶이 있습니다. 모성에서 우러나는 내면의 숭고함과 아름다움은 여성들이 지닌 가장 고귀한 선물이며 자랑일 것입니다. 가정과 어머니를 떠올리는 5월, 그리고 성모성월! 정채봉 시인의 〈엄마가 휴가를 나온다면〉은 우리의 무뎌진 마음을 톡톡 깨웁니다.

하늘나라에 가 계시는

엄마가

하루 휴가를 얻어 오신다면…

아니 아니 아니 아니

반나절 반시간도 안 된다면

단 5분

그래, 5분만 온대도 나는
원이 없겠다

얼른 엄마 품속에 들어가
엄마와 눈맞춤을 하고
젖가슴을 만지고
그리고 한 번만이라도
엄마!
하고 소리내어 불러보고
숨겨놓은 세상사 중
딱 한 가지 억울했던 그 일을 일러바치고
엉엉 울겠다

트라우마가 아니라 꿈을 심어주는 드라마
2012. 06.

드라마를 출발점으로 전 세계에 한류가 확산되고 있습니다. 한국 문화를 비롯해 '한국'이라는 브랜드를 알린다는 긍정적인 의미도 있지만 드라마가 한국사회에 미치는 파장효과가 긍정적인 것만은 아닙니다. 요즘 방영되는 많은 드라마는 심각한 문제를 드러내고 있습니다. 미풍양속과 가치관을 왜곡하고 폭력과 살인, 낙태와 대리모, 불륜과 가정파괴 등을 주제로 한 자극적이고 선정적인 모티프로 시청률 경쟁에만 열을 올리고 있습니다.

드라마에도 명품과 짝퉁-막장 드라마가 있습니다. 드라마의 생명은 '이야기(story)'에 있는데 그 이야기가 추구하는 가치와 철학이 무엇인가에 따라 명품과 막장이 확연하게 구분됩니다.

명품 드라마는 사람과 소통하면서 삶을 재조명해주고 해학과 풍자로 웃음을 주며 위로와 격려와 다독임 속에서 꿈을 심어줍니다.

〈뜻대로 하세요As you like it〉 제2막 7장에서 제이퀴즈의 입을 통해 인생을 연극으로 정의한 셰익스피어의 말대로 우리 모두 인생이라는 무대에서 자신이 맡은 고유 역할을 열연합니다. 그래서 파란만장

한 삶을 슬기롭게 극복한 사람의 일생을 우리는 한 편의 드라마 같다고 말합니다. 아마도 삶의 격랑 속에서 산전수전을 모두 겪은 주인공의 삶이 보편타당한 의미로 마감한다는 것을 전제로 할 때에만 가능한 표현일 것입니다.

각박한 삶을 살아가는 우리에게 드라마(drama)는 트라우마(trauma)가 아니라 꿈(dream)을 심어주어야 합니다.

우리 현실을 반영해 시대의 사회상을 보여주는 드라마의 파급력은 엄청납니다. 일상 언어를 바꾸고 현세대의 트렌드를 주도하며 사회적 가치관까지도 의식 없이 바꾸게 만듭니다. 드라마가 사회에 미

소설 속 돈키호테가 환상을 현실이듯 현실을 환상이듯 누비던 스페인 중부 라 만차 지방에 있는, 그가 머물렀음직한 푸에르토 라세피 마을 여인숙. 긴 창을 들고 있는 돈키호테의 모습이 코믹하다. (사진_이선미 로사)

치는 파장은 부정적인 의미에서도 상상을 초월합니다.

　세르반테스는《돈키호테》의 비문에 "미쳐서 살았고 정신 들어 죽었다."라는 명언을 남겼습니다. 그는 진정한 용기는 겁쟁이와 무모함의 중간에 있다고 했죠. 산적한 이 세상의 문제는 돈키호테와 같은 기사도가 결여된 데에서 비롯됩니다. 우리에게는 돈키호테와 같은 용기와 개척정신이 필요합니다. 더 나은 세상을 꿈꾸라고 촉구하며 돈키호테는 "이룰 수 없는 세상을 상상하는 사람이 미쳤는가? 세상을 있는 그대로만 바라보는 사람이 미쳤는가?" 하고 묻습니다.

　불후의 명작은 우리에게 강한 메시지를 전달합니다. 이 점이 인생 드라마를 제대로 감상하는 하나의 기준이 될 것입니다.

　연극과도 같은 인생이 나에게는 "과연 한여름 밤의 꿈인가? 아니면 돈키호테의 꿈인가?" 자문해보아야 할 문제입니다.

　"오늘 가혹한 운명도 그 속에 내일의 성공의 발판이 담겨 있다."(세르반테스)

부끄러움이 실종된 세상

　요즈음 대한민국에서는 부도덕하다 못해 끔찍한 일들이 벌어지고 있습니다. 천안함 사건, 중앙선관위 전산망 디도스 공격, 국회의장 노란 돈봉투 사건, 총리실 민간인 불법사찰과 증거인멸·청와대 개입 의혹, 제주도 강정 해군기지 건설 강행, 고리핵발전소 고장 사건, 수원 여성 납치 살인 사건, 방통위원장과 전 차관의 파이시티 금전수수 사건. 그리고 미국에서 광우병이 발생할 경우 쇠고기 수입을 중단하겠다고 했던 정부는 수입 중단은커녕 검역 중단도 하지 않았습니다.

　어쩌다가 우리는 웬만한 날치기나 탈법, 위법에 익숙해져 버렸습니다. 그럼에도 국민의 생명과 안전이 직결된 치안 문제부터 가공할 파괴력을 지닌 핵발전소에 이르기까지 우리 삶 구석구석에서 생명과 직결된 주요 사안에 대해 청와대·총리실·경찰청·국방부 등 정부 최고위층과 방통위·수력발전소 담당자들이 보여주는 추한 모습, 곧 거짓과 은폐, 왜곡과 조작, 허위보고와 증거인멸을 보며 경악을 금할 수 없습니다.

　부정부패, 무능한 정권이 솔직하지 못할 뿐 아니라 꼼수로 국민을

그리스도인의 길, 인간의 길 _ 123

황제 숭배를 강요한 로마 제국의 '사탄의 왕좌'가 있었던(묵시 2,13) 페르가몬의 사도 성 요한 성당. 이 성당은 본디 이집트 치유의 신인 세라피스 신전이었다가 비잔티움 시대에 성당으로 개축해 이집트 신전 또는 붉은 교회라고도 부른다. 찬양 받으셔야 할 하느님의 자리에 다른 것이 앉아 있으면 그것이 바로 사탄이기에 오늘날에도 사탄의 왕좌는 세상 곳곳에 도사리고 있다. 페르가몬 '붉은 교회' 사도 성 요한 성당은 폐허로 남아 있다. (사진_김정희 마리 엠마)

우롱하고 있는 것만 같아 안타깝습니다. 그들은 명확한 사실조차 '정치공세'나 '흑색선전'으로 몰아세우며 사과는커녕 반성도 전혀 하지 않습니다. 온갖 기득권을 행사해 온 사회적 강자, 지도층의 이러한 모습은 "왜 나만 잡느냐?"라며 끝까지 음주측정을 거부하는 음주운전자의 행태와도 같아 보입니다. 국민과 안보를 위해 어쩔 수 없는 선택이었다는 그들의 억지 주장은 한심하다 못해 치졸하다는 생각마저 듭니다.

정의와 공정은 오래전에 사라졌습니다. 도덕성은 말할 나위 없고 부끄러운 줄 알아야 하는데 부끄러움은 물론 수치심마저 실종되었습니다. 후안무치한 세상, 이 난국을 어떻게 극복할 수 있겠습니까?

'돈봉투 사건'에 연루돼 국회의장이 사퇴하는 모습을 보면서 씁쓸함을 지울 수 없었습니다. 검찰 수사를 비웃듯 "전혀 모르는 일"이라고 항변하던 그가 비서관의 고백으로 결국 고개를 숙였습니다. 그는 진실 앞에서 "국민 여러분께 심려를 끼쳐 대단히 죄송하다."고 마지못해 인정함으로써 자신의 말이 거짓이었음을 자백했습니다.

나약한 인간이기에 불법을 저지를 수 있고 또한 용서받을 수도 있습니다. 하지만 진실을 호도하면서 거짓말을 하는 사람은 지위고하를 막론하고 마주할 인물은 아닌 것 같습니다.

우리를 더욱 분노하게 만드는 것은 부정부패와 불법과 탈법으로 사법처리되는 지도층들에게서 부끄러워하는 모습조차 찾아볼 수 없다는 점입니다. 평범한 사람들이 구속될 때에는 그나마 모자 등으로 얼굴을 가리면서 부끄러움을 표시하는데 말입니다.

인간이 동물과 다른 여러 이유 가운데 하나는 바로 부끄러움, 수치심을 느낀다는 점입니다. 양심의 가책은 말할 것도 없고 사람을 사람이게 하는 최종 마지노선(울타리)인 수치심마저 실종된다면 동물과 다른 점이 과연 무엇이겠습니까?

제19대 국회 의정활동을 시작한 사회적 강자 국회의원과 지도층 인사들에게 절실한 것은 국가와 국민을 위해 헌신하겠다는 포부 이전에 우둔함에 건방진 안하무인, 후안무치한 행동만큼은 삼가겠다는 다짐일 것입니다.

용서와 사랑은 곧 상생의 길

2012. 08.

김대중-노무현 정부로 이어진 햇볕정책을 '잃어버린 10년'으로 치부하면서 이명박 정부는 북한이 핵을 포기하고 개방에 나서면 10년 뒤 1인당 국민소득을 3000달러로 올리도록 협조하겠다는 실현 불가능한 대북정책을 내놓았습니다. 그 결과 남북관계는 더욱 경색되고 상호 비방과 갈등, 군사적 대결 국면으로 접어들었습니다.

대북 강경책을 주장하는 이들은 햇볕정책 때문에 굴욕적으로 북한에 끌려 다니면서 북한 정권의 통치자금과 핵무기를 만드는 데 일조했다고 주장합니다. 반대로 햇볕정책을 주장하는 이들은 이 정부의 대북 강경책으로 남북한 긴장이 조성되고 경제협력체제가 무너졌다고 합니다.

현재 북한은 국제사회 압력에서 살아남기 위해 군사적 경제적으로 점차 중국에 종속되고 있습니다. 상상할 수 없을 정도의 광물 개발권을 이미 중국에 넘겼다는 얘기도 나옵니다.

북한이 정말 두려워하는 것은 남한이나 미국의 군사력이 아니라 북한 인민들입니다. 햇볕정책을 통한 남북한의 화해 분위기 고조는 북한 정권과 군부, 극우 세력에게 가장 두려운 위협일 것입니다. 실제로 남한이 따뜻한 햇볕의 온기를 보낼수록 햇볕이 두려운 북한 정권은 긴장을 조성하며 도발을 감행할지도 모릅니다. 또한 남한의 보수 세력들 역시 강경 일변도의 남북관계를 주문할지도 모릅니다. 분명한 점은 국민과 소통이 되지 않는 독재적 정부일수록 남과 북의 긴장관계를 선호해 왔다는 사실입니다.

힘이 있고 잘사는 쪽에서 상대방의 잘못을 관대하게 품어주는 것은 굴욕이 아니라 관용입니다. 북한을 끌어안고 끊임없는 용서와 사랑으로 보듬어가면서 상생하는 것, 이것이 우리 민족이 어쩔 수 없이 지고 가야 할 십자가가 아닌가 생각해봅니다.

제67회 광복절을 맞이하는 금년에도 우리는 반쪽짜리 경축으로 만족해야 하는 현실입니다. 남북화해와 통일이 우선인가, 남남갈등 또는 사회 양극화 해소가 먼저인가? 광복에서 통일로 가는 길목에서 미완의 광복절을 맞이하는 우리 앞의 과제입니다.

대북 강경노선을 견지하는 사람들이 바라는 대로 인민이 다 굶어 죽게 생겼으니 살려달라고 북한이 백기를 들고 투항하면 얼마나 좋겠습니까? 그러나 아마도 그런 일은 결코 일어나지 않을 것입니다. 독재자의 특성은 모든 인민이 다 굶어 죽어도 모든 것을 방패삼아 마지막까지 살아남고자 하기 때문입니다.

남한 사회는 국가 안보, 경제, 주변국과의 정세는 물론 세대, 지역, 계층, 이념, 종교 간 갈등이 더욱 심화되고 있습니다. 용산참사, 쌍용자동차 사태, 제주도 강정마을 해군기지 건설 강행은 물론 빈부의 격차, 특정 기업의 시장 장악 등 사회적 강자와 약자 사이의 양극화 간격이 더욱 커지고 있습니다.

19대 국회 개원식(7월 2일)에서 대통령은 "우리의 마지막 남은 과제는 평화통일로, 이는 우리 세대의 역사적 사명이며 이제 서둘러 준비해야 할 단계에 왔다."고 강조했습니다. 광복절 경축행사와 기

예수님께서 세례 받은 곳으로 추정되는 베타니아의 '하부 요르단 강'을 순례하면서 미사를 봉헌하였다. 역사적으로 요르단 강은 팔레스티나와 요르단 지역의 국경선 역할을 해왔는데, 지금도 이스라엘과 요르단 왕국의 국경선이다. 사진을 찍은 장소에서 건너편에 보이는 곳이 바로 이스라엘 땅이다. 우리 식으로 표현한다면 적군(?)의 땅이 30-40미터 앞에 보이는 곳에서 미사를 봉헌한 것이다.

념식을 준비하고 주도하는 정부와 정치인들에게 남북화해와 남남갈등을 해소하고 계층간 양극화를 풀어나갈 의지가 과연 있는지 묻고 싶습니다. 이것은 결코 정략적으로 접근할 문제가 아닙니다.

도농공동체가 함께 살아가는 사회

2012. 09.

환경·생태·생명 문제가 심각하게 대두되는 오늘날 "자연으로 돌아가라."라는 루소의 말이 하나의 정명(定命)처럼 들립니다. 그가 돌아가라고 말하는 자연은 미개 원시사회의 자연이 아니라 사람들을 이상적인 자연인으로 끌어올릴 수 있는 세계일 것입니다.

자연으로 돌아가는 사람들이 있습니다. 적지 않은 가정이 도심을 떠나 귀농을 선택하고 있습니다. 정년퇴임 후 새로운 시작을 위해 또는 도시생활에 적응하지 못한 사람들이 차선으로 선택하는 것이 아니라 인생을 풍요롭게 가꾸기 위한 새로운 선택입니다. 농촌에서 새로운 가치를 찾아가는 젊은 가정의 용기 있는 선택은 도시집중에 따른 인구분산은 물론 일자리 창출에도 큰 도움이 되고 있습니다. 자연친화적인 삶은 어린이들의 정서교육에도 엄청난 영향을 미칩니다.

귀농에 발맞춰 그동안 천주교회에서 추진해 온 '우리농촌살리기 운동'의 활성화를 기대해봅니다. "나날이 심각해지는 물질·소비문명, 생명경시와 개인주의의 거센 흐름을 거슬러 도시와 농촌 공동체가 만나 서로의 삶과 문화, 먹을거리와 재화를 나누고 서로를 섬기는 생명운동, 공동체운동을 통하여 생명의 소중함, 인간다움과 공동체다움"(2012년 제17회 농민주일 담화문 참조)을 꿈꾸며 함께 살아가는 사회를 만드는 데 마음을 모아봅니다.

⌘

'농자천하지대본(農者天下之大本)'이라는 말이 무색할 정도로 우리 사회의 농자(農者)는 산업화 그늘에서 상대적인 어려움을 겪는 사회적 약자로 기억됩니다. 국민을 위해 가장 소중하고 절대적인 먹을거리를 생산하지만 마늘파동, 고추파동, 배추파동 등 여러 재해로 시련을 겪기도 하며 흙처럼 묵묵히 살아오는 사람으로 각인되기도 했습니다.

그런데 몇 년 사이에 '귀농·귀촌'이 낯설지 않은 단어로 자리 잡고 있습니다. 농업의 가능성을 예견한 젊은 층을 중심으로, 농업을 생업과 천직으로 삼기 위한 귀농이 증가하면서 첨단 융복합 산업으로서 농업의 가능성이 새로이 부각되기 시작했다고 합니다.

사실 1990년 이후 귀농 열풍은 세계적인 추세로 하나의 트렌드입니다. "농업은 나노공학, 우주산업처럼 미래를 여는 열쇠"(니콜라 사르코지)라는 지적처럼 한국사회에서도 '농자천하지대본'이라는 고전적인 표현이 긍정적인 새로운 의미로 수용될 수 있을지 관심이 모아지고 있습니다.

몇십 년 동안 익숙하게 살아오던 삶의 형태를 통째로 바꿔야 하는 귀농을 결심하기까지 얼마나 많은 용기와 결단이 필요했을까요? 경쟁사회에 길들여진 패턴에서, 더불어 살아가는 공동체 정신이 첫째로 요구되는 농촌생활로의 전환은 결코 녹록치 않습니다. 꿈과 희망을 찾아 떠난 이들의 용기와 결단에 마음으로부터 격려의 박수를 보냅니다.

　"나의 아버지는 농부이시다."(요한 15,1)

그리스도인의 사회적 의무

2012. 11.

대통령 선거에 즈음하여

특혜를 버리고 서민을 위한 정치를 하겠던 국회의원들이 자기들의 임금인 이른바 '세비'를 무려 20퍼센트나 슬그머니 인상했습니다. 지난 4월 총선을 통해 우리 손으로 뽑은 바로 그 국회의원들의 행태입니다. 정치공세만 난무할 뿐 그들이 그렇게 강조하던 민생국회는 실종된 상태입니다.

오는 12월 19일에 치를 대선을 생각하며 지난 세월을 되돌아봅니다. 선거는 분명 '민주주의의 꽃'입니다. 그런데 정의롭고 합리적이어야 할 선거제도가 유린당한다면 민주주의는 빛을 잃고 맙니다. 우리나라의 서글픈 정치 역사를 통해 우리는 이런 사실을 확인할 수 있습니다.

1948년 제헌헌법을 공포하면서 우리나라는 민주국가로 출발하였습니다. 그러나 1960년 자유당의 3·15 부정선거로 민주주의에 첫번째 치명적인 오점을 남겼습니다. 결국 4·19학생의거(혁명)가 촉발돼 민주주의를 회복하는 듯했으나, 박정희가 5·16군사쿠데타로 정권을 잡고 영구집권을 겨냥해 유신헌법을 제정하는 등 독재가 이어졌습니다.

1979년 10·26사건으로 18년 지속되던 독재정권이 막을 내렸습니다. 하지만 또다시 전두환이 주도하는 신군부의 12·12군사 반란으로 민주주의가 철저하게 짓밟혔습니다. 그럼에도 1980년 5·18 광주민주화운동을 시작으로 국민들은 끊임없이 군사 독재에 맞서 싸웠고, 마침내 집권 여당의 대통령 후보로부터 1987년 6·29 항복 선언을 받아냈습니다.

민주주의가 철저하게 압살된 이면에는 법을 유린하고 선거제도를 왜곡시킨 불의한 권력이 있었습니다. 1948년 제1대부터 오늘날까지, 65년이라는 파란의 세월이 이렇게 무심하게 흘렀습니다.

제2차 바티칸공의회 개막 이후 오늘날까지 50년 동안, 교회는 「사목헌장」을 비롯한 여러 교회 문헌과 사회교리를 통해 선거의 중요성과 그리스도인의 자세에 관한 가르침을 꾸준히 전해왔습니다. 지난 2월호 경향 돋보기 '선거에 임하는 그리스도인의 자세'에서 밝힌 대로, 그리스도인들은 정치참여를 회피하지 말고 적극적으로 나서서 그리스도 정신을 이 사회에 불어넣어야 할 의무가 있습니다(〈평신도 그리스도인〉, 42항 참조).

지난 4월 총선에서 우리 손으로 선출한 이들이 그동안 보여준 행태를 기억하면서 꼭 투표합시다. 모든 이가 정치적 무관심이나 냉소

가족이 있는 가장을 위해 대신 자기 목숨을 바친 성 막시밀리아노 마리아 콜베 신부가 굶주림 끝에 석탄수 주사를 맞고 선종한 폴란드 아우슈비츠 수용소 11막사와 10막사 사이 '죽음의 벽' 앞에는 언제나 꽃다발이 놓여 있다. 그 꽃다발은 '기억'이라는 다른 말로 들려온다. (사진_이선미 로사)

주의에 빠지지 않고 깨어 있기를 바라며 제18대 대선에 즈음하여 이런 경구를 다시 한 번 새겨봅니다.

"기억하지 않는 역사는 되풀이된다."(아우슈비츠 수용소 진혼의 방)

한 사람의 관심이 세상을 바꾼다

2012. 12.

한 해를 마감하는 분주한 시기에 대통령 선거까지 겹쳐 나라 전체가 어수선하기까지 합니다. 선거철이 되면 후보자들에 대한 정보가 흘러넘치는데, 악의적인 거짓과 흑색선전도 난무하게 됩니다. 이런 정보들은 사람들을 혼란스럽게 하고 오히려 올바른 후보 선택을 방해합니다. 뿐만 아니라 정치에 대한 회의감을 불러일으키고, '그 사람이 그 사람'이라는 불신마저 조장해 아예 투표를 포기하게 하거나 냉철한 성찰과 식별 없이 '묻지마식 투표'를 하도록 만듭니다.

우리 신앙인들은 복음적인 시각과 교회의 사회적 가르침에 따라 후보자를 식별하고 판단해야 합니다. 완전한 지도자를 찾기가 어렵다면, 적어도 후보자가 복음적인 정치철학과 가치관을 가졌는지는 분별해내야 합니다.

747 경제성장 장밋빛 공약을 내건 제17대 이명박 정부는 하나의 생명체와 같은 국가를 거대한 기업처럼 생각한 것 같습니다. 경제적 성장만을 제일로 추구하면서 자연환경과 자원은 물론 심지어 사람까지도 경제적 가치로만 이해합니다. 국민을 물신주의로 몰아넣은

이 정부는 끊임없이 생태환경을 파괴하고 사회적 패자를 양산시켜 궁극적으로는 삶의 질을 저하시켰습니다. 그 결과 세계에서 자살률이 가장 높은 나라, 빈부 격차를 비롯한 사회 양극화 심화, 자연과 환경 파괴, 그리고 입에 담기도 어려운 '묻지마 폭력'과 '성폭력'이 난무하는 사회 환경을 야기했습니다. 심지어 한밤중에 집에서 곤히 잠자던 어린이마저 납치되어 성폭행과 살해를 당하는 일까지 생겼습니다.

지금 우리가 바로 그런 나라에 살고 있는 것입니다. 성장을 위해서라면 약자를 착취하고 억압해도 묵인해 오던 과거의 역사가, 유감스럽게도 상황과 형태만 달라졌을 뿐 여전히 재현되고 있습니다. 생태환경을 파괴하고 착취하는 것, 북한을 한민족으로 받아들여 인내롭게 돕고 나누기보다 적대시하고 고립시키는 것, 군사력으로 '평화'를 유지하려는 태도, 용서가 없는 반생명적인 사형제도 찬성, 사회적 책임과 생명을 경시하는 낙태 합법화 움직임 등은 모두가 반복음적인 가치관을 드러냅니다. 대통령 후보 가운데 과연 누가 정의롭고 공정한 사회환경을 만들 수 있는지, 복지와 생태환경 보호는 물론 생명에 대한 사랑과 평화 실현을 위한 정책과 비전을 가지고 있는지 우리는 식별해내야 합니다.

물 한 방울 한 방울이 모여 시내를 이루고 강물을 이루듯, 우리 한 사람 한 사람의 관심이 세상을 바꿉니다. 아름다운 사회, 건강한 사회는 우리 각자의 한 표에 달려 있습니다. 각각의 한 표는 미미해 보이지만, 그 한 표 안에는 우리 자신의 인격과 가치, 소망과 미래가 담

한라산 백록담(왼쪽 사진_김귀웅 신부)에서 백두산 천지(사진_최현식 신부)까지, 한반도 방방곡곡에 긍정과 희망의 메시지를 전하면서 정의, 평화, 사랑, 생명의 가치를 드높이고 구현할 자격을 갖춘 대통령 후보는 과연 누구일까?

겨있습니다. 대통령 선거에 앞서 우리 생각과 태도가 개인의 이해관계보다는 정의, 평화, 사랑, 생명 등의 복음적 가치에 얼마나 더 가까운지를 깊이깊이 살펴보고 성찰해야 할 시간입니다.

"주님, 저희 손이 하는 일이 저희에게 잘되게 하소서."(시편 90,17)

갈등 해소를 위한 제안

2013. 02.

흔히 기득권 또는 사회적 강자로 분류되는 대학교수이자 시인인 지인이 보내온 새해 인사가 요즈음 우리 국민 거의 절반에 해당하는 심정이 아닐까 하는 생각에서 소개합니다.

"저는 하루하루가 늘 새로운 날이라는 모토로 새해를 담담하게(실은 애써 무덤덤하게) 시작했어요. 사실 연말 대선 이후 멘붕에 빠진 사람들 가운데 한 사람이기도 해서, 잇따른 노동자들의 죽음 등등 마음이 무척 무거웠습니다. 우리 사회가 그간 힘들게 쌓아올린 가치들이 돈이나 경제논리 앞에서 속절없이 무너지는 느낌이 들어 어떻게 해야 하나 고민이 많이 되더라고요. 하지만 다시 또 침착하게 희망을 길어 올리는 방법을 생각해 봐야겠다고 마음을 고쳐먹으면서 읽고 쓰고 걸으면서 차분한 일상을 이어가고 있어요."

우리는 지난 대선 때 후보자들이 어떤 공약을 했는지 소음에 가까울 정도로 많이 들어서 잘 알고 기억하고 있습니다.

이번 달 '경향 돋보기'에서는 정치 쇄신과 혁신을 통한 정치민주

그림_송경 클라라, 〈산길〉

화, 대기업·성장 중심의 경제정책이 아닌 중소기업 또는 분배정의를
통한 경제민주화, 세대·지역·이념·계층 간 갈등 해소를 통한 사회민
주화를 제안합니다. 새 대통령 취임과 함께 새롭게 출범하는 정부가
귀담아들어야 할 내용입니다. 이를 통해 역사에 기억되는 대통령과
정부가 될 수 있기를 기원합니다.

분명한 것은 "헤매는 사람이 다 길을 잃은 것은 아닙니다."(장영희 마리아)

어느 달력에서 읽은 다음 글이 유난히 생각나는 2월입니다.

"세월은 그저 흐르는 것이 아니라 세상 모든 것을 조금씩 자라게 합니다. 보이지 않던 내일이 오늘로 열렸듯 숨어 있던 희망도 고개를 내밀 것입니다."

다시 또 침착하게 희망을 길어 올리는 하루하루이기를 빕니다.

팔을 뻗쳐 서로를 보듬자

2013. 04.

함께 더불어 살아가야 하는 사회적 동물인 인간은 필연적으로 고독할 수밖에 없는 존재일까요? 인터넷과 스마트폰 등 최첨단 기기를 이용해 수많은 사람들과 접촉하고 온갖 정보의 홍수 속에 살아가지만 현대인들의 행복지수는 낮아지고 고독지수는 높아간다고 하니 참으로 이상한 일입니다.

소통을 위한 도구인 스마트폰이 오히려 소통을 방해하기도 합니다. 사람들과 어울리기보다 기계와 함께하는 현대인들은 더 쉽게 고독해지고 더 쉽게 우울해집니다. 심한 경우, 몸담고 있는 조직과 공동체로부터, 다른 사람과의 관계로부터 단절되어 마침내 인간성마저 상실하게 되는 불행을 맞게 되기도 합니다.

소통을 가로막는 사회와 국가정책은 현대사회 안에서 고독지수를 가중시킵니다. 무연사, 고립사 등 '외로운 죽음'을 포괄하는 '고독사'가 우리나라에도 전염병처럼 번지고 있습니다. 극단적인 선택을 하는 노인이 하루 11명꼴인데(2011년 통계) 대부분 빈곤문제와 관련돼 있다는 소식은 더욱 충격적입니다.

정신없이 바쁘게 돌아가는 세상, 눈에 보이는 화려함만을 추구하는 이 세상 안에 만연한 소외와 고독의 현실을 어떻게 극복할 수 있을까요? 모든 사람이 예외 없이 절대고독의 순간인 죽음 앞에서 사람으로서 존중받으며 생을 마감할 수는 없을까요?

✝

어느 분의 말씀대로 성공한 사람이건 실패한 사람이건, 남자든 여자든, 젊은이든 나이가 들었든 모든 사람이 저마다의 외로운 섬에 고립되어 사는 게 아닌가 생각합니다. 우리는 서로를 향한 배려 속에 서로를 성장시켰던 많은 미풍양속을 잃어버렸습니다. 우리 모두는 평생 경쟁 시스템 속에 길들여졌고 그 안에 갇혀 있습니다. 지금 우리 사회 공동체는 붕괴되어 가고 있습니다. 팔을 뻗쳐 서로를 보듬는 상생의 관계가 더욱 절실해지는 지금입니다.

죽음을 쳐 이기고 좌절과 절망의 무덤 속에서 부활하신 주님께 '알렐루야'를 노래하는 이 시기에, 삶이 힘겹고 실패했다고 좌절하는 이들뿐 아니라, 외톨이라고 느끼며 고독하게 살아가는 이들과도 함께 도종환 시인의 〈담쟁이〉를 나누고 싶습니다.

저것은 벽
어쩔 수 없는 벽이라고 우리가 느낄 때
그때
담쟁이는 말없이 그 벽을 오른다

물 한 방울 없고 씨앗 한 톨 살아남을 수 없는
저것은 절망의 벽이라고 말할 때

무성한 담쟁이덩굴 안에 쓰인 문장은 십자가의 성 요한의 말이다. "하느님은 누구나 자기 그릇만큼 채울 수 있는 우물과 같습니다." 성인은 또 말했다. "생의 황혼이 오면 하느님은 우리를 사랑이라는 잣대로 심판하실 것입니다." 스페인 세고비아 가르멜 수도원 성당 (사진_이선미 로사)

담쟁이는 서두르지 않고 앞으로 나아간다

한 뼘이라도 꼭 여럿이 함께 손을 잡고 올라간다
푸르게 절망을 다 덮을 때까지
바로 그 절망을 잡고 놓지 않는다

저것은 넘을 수 없는 벽이라고 고개를 떨구고 있을 때
담쟁이 잎 하나는 담쟁이 잎 수천 개를 이끌고
결국 그 벽을 넘는다

열린 마음과 유연성이 필요한 다문화사회
2013. 05.

이미 우리나라도 '다문화사회'에 접어들었습니다. 그 어느 때보다 '열린 마음과 유연성'이 요구되고 있습니다. 1973년 '모자보건법' 제정 전후로 우리 사회는 공격적인 산아제한 정책을 펼쳤습니다. 거기에 아들선호사상까지 겹쳐져 낙태는 물론 남아와 여아의 성비 불균형 등의 사회문제가 이미 예고되어 왔습니다.

반생명적인 정책이 초래한 죽음의 문화를 방관해 오다가 급기야 1990년대부터는 지방자치단체를 중심으로 '농촌총각 장가보내기' 운동이 전개되어 결혼을 기반으로 한 이주 여성들이 급증하였습니다. 뿐만 아니라 일자리를 찾아온 외국인 노동자들과 탈북한 새터민 등 여러 이유로 많은 외국인이 우리나라에 정착해 살고 있습니다.

현재 결혼이민자는 국내 거주 외국인의 10퍼센트 이상을 차지하고 있는데 그들 가운데 80퍼센트 정도가 4년 이내에 이혼을 하는 실정입니다. 이주민 여성들은 언어소통 문제, 사회적 편견, 자녀교육 문제들에서 어려움을 겪고 있습니다. 다문화가정 아이들 역시 차별, 학업성적 저하, 소통의 어려움, 왕따 등 다중적인 고통과 문제를 겪

콘클라베 장소인 시스티나 성당에서 투표에 참여한 추기경들은 교황 후보자 이름을 투표용지에 적은 다음, '최후의 심판' 천장화 아래 놓인 일종의 투표함 접시에 놓기 위하여 걸어 나가는데, 그때 막중한 책임감을 느낀다고 한다. 아마도 하느님께서 최후의 심판 때, 보편교회 전체를 대신할 베드로의 후계자를 선출하는 이 순간, 어떻게 투표하였는지 반드시 물으실 것이라는 생각 때문일까?

으면서 안타깝게도 2012년 한 해 동안에만 다문화가정 학생 10명 중 4명이 학업을 포기하였다고 합니다.

앞으로 7~8년 후에는 다문화가정 출신이 청소년의 20퍼센트(5명 중 1명)가 될 것이라는 예측이 있습니다. 전문가들은 현재 드러나는 문제들을 방치할 경우 사회 근간을 뒤흔드는 심각한 상황이 될 수도 있다고 경고하고 있지만 이에 대응하는 정부와 지자체의 대책은 여전히 미비해 보입니다.

'다문화가정이라는 표현 자체가 과연 올바른 것인가?'라는 질문부터 사회적으로 대두된 근원적인 문제들을 공론화해 풀어나가야 할 시점입니다. 5월 성모성월을 지내는 어머니인 가톨릭교회의 사목적 배려 또한 절실합니다.

우리 시대에 프란치스코 교황은 하느님께서 가톨릭교회는 물론 전 세계에 내려주신 고귀한 선물입니다. 기도하면서 역대 교황을 선출하는 콘클라베를 여러 차례 지켜보았지만, 어느 때보다도 이번 경우는 참으로 감동적이었습니다. 연일 차기 교황을 예측 보도한 세계 언론의 예상과는 완전히 빗나간 결과였죠. 성령께서는 인간적인 논리와 계산과는 전혀 다른 선택을 보여주셨습니다.

단순하고 소박한 영성의 소유자, 가난한 이들의 벗, 평화와 선을 추구한 성자, 온갖 피조물을 사랑하고 보호한 사부 아시시의 성 프란치스코! 단순 소탈하며 겸손하고 평화를 사랑하면서 빈민들과 약자들을 위해 헌신해 온 호르헤 마리오 베르골료 추기경은 교황 직무를 수락하면서 바로 이 이름을 선택했습니다.

젊은 나이에 우리나라로 건너와 소록도 병원에서 매일 나환우들을 천사처럼 돌보다가 환갑이 넘어 고국 오스트리아로 돌아간 그리스도왕시녀회(재속회) 마리안느와 마르가리타 수녀님이 생활하던 작은 응접실 테이블보에는 이런 글이 있었습니다.

"텅 비어 있으면 남에게 아름답고 내게 고요합니다."(이철수, 〈소리 하나〉 중에서)

평화의 사도 성 프란치스코의 전구에 따라 프란치스코 교황님의 텅 비어있음의 영성과 그릇을 자애로우신 우리 주님께서 넘치도록 풍족하게 채워주시길! 그래서 요셉 성인처럼 모든 생명의 훌륭한 수호자가 되시길!

함께 가야 하는 평화의 길

2013. 06.

동족상잔 한국전쟁을 멈추고 정전협정을 체결한 지 벌써 60년이 되었습니다. 여전히 대결로 치닫고 있는 남북관계 안에서 우리가 평화를 위해서 무엇을 할 수 있는지, 나희덕 시인의 〈평화의 걸음걸이〉(생명평화 탁발시집 《바다가 푸른 이유》)에서 찾아보고 싶습니다.

1950년 늦여름 지리산 어느 마을에서의 일이다
새벽녘 동구에서 총격전이 벌어졌는데
마을을 빠져나가기 위해서는
그 외길을 지나지 않으면 안 되었다고 한다
국군과 인민군이 총구를 겨누며 대치하고 있는
양쪽 산자락 사이 좁은 오솔길,
주민들은 숨죽이고 총탄의 여울을 건너갔다
어머니는 아들에게 외쳤다
아가, 뛰지 마라. 절대 뛰어서는 안 된다!
천천히, 천천히 걸어야 한다!
그 외침을 방패 삼아 걷고 있는 소년 앞으로
한 청년이 겁에 질려 뛰기 시작했다

파주에 있는 '참회와 속죄의 성당' 모자이크는 북한 작가들이 제작한 것을 남한 미술가들이 현장에 설치했다.

문득 총성이 들렸고 청년은 쓰러졌다

숨죽여 걷는다는 일,

그것이 소년에게는 가장 어려운 싸움이었다고 한다

평화의 걸음걸이란

총탄의 여울을 건너는 숨죽임과도 같은 것

두려워서가 아니라 스스로의 두려움과 싸우며

총탄의 속도와는 다른 속도나 기척으로 걸어가는 것

심장을 겨눈 총구를 달래고 어루만져서 거두게 하는 것

양쪽 산기슭의 군인들이 걸어 내려와 서로 손잡게 하는 것

그날까지 무릎으로 무릎으로 이 땅의 피먼지를 닦아내는 것

함께 지켜야 하는 평화입니다. 필연코 이루어야 하는 평화입니다. 우리 모두 "칼을 쳐서 보습을 만들고 창을 쳐서 낫을 만들며, 한 민족이 다른 민족을 거슬러 칼을 쳐들지도 않고 다시는 전쟁을 배워 익히지 않는"(미카 4,3 참조) 평화의 길을 함께 가야 합니다. 그러기 위해서는 "절대 뛰어서는 안 됩니다! 천천히, 천천히 걸어야 합니다!" 그래서 평화는 하느님의 선물인가 봅니다.

◁×◁

지난 4월 이후, '정전협정 백지화' 운운하며 각종 성명과 언론을 통해 전쟁 분위기를 고조시키던 북한을 보며 마음이 무거웠습니다. 그즈음 '시와 함께 눈뜨는 삶'의 필자 정은귀 스테파니아 님이 〈평화의 걸음걸이〉를 소개하면서 이 시가 마음에 와 닿은 이유를 이렇게 귀띔해주셨습니다.

"평화의 걸음걸이란 '두려워서가 아니라 스스로의 두려움과 싸우며, 총탄의 속도와는 다른 속도나 기척으로 걸어가는 것', '달래고 어루만져서 거두게 하는 것'이라는 대목 때문이에요. 어쩌면 우리는 서로가 두려움 때문에 낮은 보폭으로 걷지 못하고 성큼 뛰려고 하는 것이 아닌가. 이 땅의 슬픈 역사에 배인 피먼지를 닦아내려면 무릎으로 걷는 시간, 더 깊은 인내와 더 너른 시선이 필요한 것인데 말이지요. '아가, 뛰지 마라. 절대 뛰어서는 안 된다!' 이런 구절을 더듬더듬 외면서 남한과 북한 모두 서로 손잡고 서로의 피먼지를 무릎으로 앉아 닦아주며, 그렇게 겸손된 걸음으로 이 땅에 평화가 오면 좋겠습니다."

모든 인류가 갈망하는 지상의 평화

2013. 07.

〈지상의 평화〉 사회회칙 반포 50주년을 기념하며, 복자 요한 23세 교황님께서 강조하신 평화건설에 대해 생각해 봅니다.

회칙에서 교황님은 노동자 계급의 권리 신장과 여성의 진보, 민주주의 확산을 확인하면서 전쟁이 정의를 이루는 길이 아니라는 확신을 심어주셨습니다. 평화는 단지 초강대국들이 핵무기를 제거하고 전쟁과 갈등 없는 상태를 유지하는 것만이 아닙니다. 교황님은 인간의 권리와 존엄성을 증진하고 인간 존재에 대한 희망적인 전망 속에서 비로소 평화가 이뤄질 수 있다고 강조하며 궁극적으로 평화가 하느님의 선물임을 피력하셨습니다.

모든 사람의 천부적 인권을 인정하는 것, 이것은 정의를 향한 노력과 직결됩니다. 그렇지 않을 때에는 끊임없이 발생하는 폭력을 결코 극복할 수 없습니다. 평화로운 세계 질서는 진리와 정의를 바탕으로 건설되고 사랑과 연대로 완성되며 사람들의 자유를 보장할 때만이 실현될 수 있기 때문입니다.

평화의 지도자, 인권운동가로 저명한 넬슨 만델라는 말합니다. "세상을 바꾸기 위한 가장 강력한 무기는 바로 '교육'입니다." 그리고 폭력에 대항한 "가장 위대한 무기는 평화입니다."

선의의 모든 사람에게 복자 요한 23세 교황님이 호소하십니다. "지상의 평화(Pacem in Terris)는 모든 시대의 인류가 깊이 갈망하는 것으로서 하느님께서 설정하신 질서를 충분히 존중할 때에 비로소 회복될 수 있고 견고해집니다."(〈지상의 평화〉, 1항)

평화를 찾고 구하는 길은 어디 먼 데 있는 것이 아닙니다. 개인은 말할 것도 없고 국가도, 지구도, 모두 다 끝이 정해진 시공간, 좁은 땅덩이에서 함께 의탁하며 잠시 빌려 살아가는 존재들이라는 사실을 기억하면서 가난한 비움을 통한 작은 나눔을 실천해 나간다면 그렇게 함께 만드는 공동의 공간이야말로 평화의 장이 되리라 믿습니다. 이 사실을 아동문학가 권정생 님이 〈밭 한 뙈기〉에서 일깨워줍니다.

사람들은 참 아무것도 모른다.
밭 한 뙈기
논 한 뙈기
그걸 모두
'내' 거라고 말한다.

이 세상
온 우주 모든 것이
한 사람의
'내' 것은 없다.

하느님도
'내' 거라고 하지 않으신다.
이 세상
모든 것은
모두의 것이다.

아기 종달새의 것도 되고
아기 까마귀의 것도 되고
다람쥐의 것도 되고
한 마리 메뚜기의 것도 되고

밭 한 뙈기
돌멩이 하나라도
그건 '내' 것이 아니다.
온 세상 모두의 것이다.

작은 만남이 관계회복의 실마리가 되길

2013. 08.

애증의 역사로 점철된 가깝고도 먼 나라! 경제뿐 아니라 많은 면에서 깊은 교류를 지속하고 있으나 서로를 충분히 신뢰하지 못하는 한일관계는 참으로 답답하기만 합니다.

고대에 우리 민족은 발전한 대륙의 문명을 일본에 전해 정치, 군사, 사회, 문화, 기술, 사상적 문명전환의 기회를 제공하기도 했습니다. 하지만 조선시대에 일본은 무사정권의 강력한 군대를 앞세워 붕당정치로 혼란해지고 문약에 빠진 조선을 짓밟았습니다. 임진왜란 때 그들은 문화재 약탈과 훼손, 기술자들의 납치, 노예사냥 등 엄청난 폭력을 가했습니다.

우리 민족과 일본은 불공대천지원수(不共戴天之怨讐)가 되어버렸지만 관계회복을 위한 노력을 그치진 않았습니다. 잃어버린 '신의'와 '신뢰'를 회복하기 위해 일본의 요청에 대한 회답 형식으로 조선은 오백여 명이 넘는 조선통신사를 다시 파견하기도 했습니다. 한동안 문화적·학문적·기술적·물질적 교류가 재개되었습니다.

근대에 일본은 중앙집권적 정치체제를 강화하고 발빠르게 서양문물을 받아들이며 또 한 차례 문명전환의 전기를 맞았습니다. 반면에 쇄국정책으로 세계의 외교변화를 따라잡지 못한 조선은 일본의 식민지배와 전쟁동원으로 또다시 희생을 강요당하고 말았습니다.

일본은 여전히 과거에 대한 반성 없이 일본군 위안부와 독도 영유권, 역사교과서 왜곡 문제 등 왜곡과 억지주장을 일삼고 있습니다. 역사가 남긴 상처를 슬기롭게 극복하고 일본과의 관계에서 근본적인 문제 해결을 해나가는 일은 이제 우리 민족 모두에게 중요한 과제가 되었습니다.

원폭 투하로 큰 고통을 겪은 일본 나가사키. 우라카미 성당에는 당시의 흔적이 남아 있다.(사진_이선미 로사)

막막한 사막같이 느껴지는 나라, 일본! 그런데 요즈음 먼 일본보다 더 막막하고 아찔한 상황이 우리나라에서도 전개되고 있습니다. 5·18민주화운동 등에 대한 역사 왜곡, 자의적 해석, 사과는커녕 아전인수로 호도하는 방송……. 난독증을 가장한 파렴치를 접하면서 과연 지금 일본의 행태만을 비난할 수 있는가 생각해봅니다.

한일관계는 애증의 역사 안에서 반복되는 대립과 갈등, 혹은 선린의 갈림길에 서 있습니다. 한일관계 개선을 위해 끊임없는 대화와 연구, 정책개발이 필요한 이때, 가톨릭교회 주교들은 해마다 한일주교교류모임을 통해 만남을 이어가며 현안을 함께 고민하고 있습니다. 또한 한일 가톨릭 청년들의 교류도 지속되고 있습니다. 작지만 이런 만남들이 이해의 폭을 넓히고 관계회복의 실마리를 찾을 수 있는 기회가 되기를 기대해 봅니다.

상식이 통하는 사회는 무리인가요

2014. 03.

개인적으로는 법과 양심이 충돌하고 사회적으로는 보수와 진보의 첨예한 갈등과 분열이 심화되는 가운데 정치적으로는 정수와 꼼수를 지켜보면서 매일 불편한 나날을 지내고 있습니다.

흠결이 조금도 없는 개인이나 정부 또는 양심의 정명을 완벽하게 따르는 개인이나 정부를 기대하는 게 아닙니다. 그러나 국민과 타인에게는 법과 원칙을 강조하면서 정작 자기주장을 합리화하기 위한 수단으로 법을 남용하거나 정당한 법집행을 방해하는 정부와 개인의 행태 앞에서 상식적인 국민들의 인내심은 임계점에 이르고 있습니다.

국민 앞에서 공언한 약속이 이루어지는 사회를 기대한다면 정말로 어리석고 판단력이 부족한 사람일까요? 똑같은 잘못이 발생하지 않도록 진상을 밝히고 책임을 물으라는 것이 터무니없고 부당한 요구일까요? 과거를 온전히 갈무리하지 못하면 현재는 물론이고 미래도 없습니다. 허위와 기만 위에 좋은 사회가 성립될 수는 없으며 그 안에서 우리가 선한 삶을 영위할 수도 없습니다.

도덕성, 양심의 정명, 공정하고 합리적인 법과 원칙의 테두리 안에서 모두가 보호 받으며 살아가는 것이 정말 무리한 현실일까요? 최소한 상식이 통하는 사회에서 살고 싶습니다.

봄은, 길고 엄혹한 겨울을 이겨낸 씨앗의 희망으로부터 옵니다. 어디에나 공평하게 비치는 햇빛과 바람으로부터 옵니다. 성령의 이끄심으로 서로 신뢰하며 진실로 생명이 약동할 우리의 봄을, 멈춤 없이 희망하는 매일이 되어야겠습니다.

🐟

중국 요 임금 시절에 백성들은 "해가 뜨면 일하고 해가 지면 쉬네. 밭을 갈아 먹고 우물을 파서 마시니, 임금님의 힘이 나에게 무슨 소용인가?" 하고 노래했고, 이를 본 요 임금은 백성들이 신경 쓸 필요가 없을 정도로 정치를 잘하고 있다는 반증이라며 무척 기뻐했다고 합니다. 임금이 누구인지, 집권당이 어디인지 상관없이 나라가 잘 굴러가고 국민들이 자유로운 상태가 바로 '태평성대'겠지요.

그런데 오늘 우리는 국가권력이 저지른 부정 위에 또 다른 불의가 쌓이는 나날을 살고 있습니다. 만신창이가 되어가는 듯한 민주주의를 고통스러운 심정으로 지켜보고 있습니다. 국민을 안심시키고 편하게 하는 정치가 아니라, 매일 걱정시키고 가슴 아프게 하는 정치가 아닌가 하는 생각에 마음이 무거워집니다.

"네가 이렇게 미지근하여 뜨겁지도 않고 차지도 않으니, 나는 너를 입에서 뱉어버리겠다."(묵시 3,16)라는 말씀을 들은 라오디케이아 유적

이런 와중에 신자들도 어떻게 사는 것이 이 땅에 하느님의 정의를 구현하는 그리스도인의 길인지를 고민하고, 때로는 헛갈려 합니다. 하지만 우리에게는 이미 양심이라는 신비로운 내비게이션이 있습니다. 양심의 소리에 귀 기울이면, 양심의 눈물에 마음을 씻으면 우리가 좇아가야 할 길이 더 맑게 보일 것입니다.

무엇보다 우리 주위에는 예수님의 가르침을 몸소 살아가는 많은 모범들이 있습니다. 어둠은 깊고 광풍이 일지만 횃불처럼 시대를 밝히는 예언자들의 음성 또한 끊이지 않습니다. 절망의 숲을 헤매는 이들은 오히려 사방에서 들리는 그 음성에 귀 막고 있는 건 아닌지 돌아볼 때입니다.

혹시라도 "네가 이렇게 미지근하여 뜨겁지도 않고 차지도 않으니, 나는 너를 입에서 뱉어버리겠다."(묵시 3,16)는 말씀이 염려되거든 제대로 뜨거워지면 되지 않겠습니까? 뜨거워져서 예수님처럼 눈물 흘리고 예수님처럼 연민하고 예수님처럼 불의에 칼날 같고 예수님처럼 뜨겁게 용서하면 되지 않겠습니까?

'내 발에 등불, 나의 길에 빛'(시편 119,105 참조)인 말씀을 좇아 매일 회개의 삶을 살아야 하는 우리에게 늦은 때란 없습니다.

공생과 상생으로 다시 시작

2014. 04.

진보와 보수, 여당과 야당을 불문하고 정치인들은 앞을 다투어 '상생'의 정치를 말합니다. 경제인들 역시 '상생'과 '공생'이라는 말을 즐겨 사용합니다. 그러나 우리 사회를 들여다보면 공생이나 상생과는 너무나 동떨어진 느낌입니다. 대기업은 중소기업에게 늘 갑의 입장이고 학교에선 우등생이 열등생을 무시하며 직장에선 정규직 노동자들이 비정규직 노동자들을 홀대하고 동네 아파트에서는 임대 아파트 주민들이 노골적인 차별을 겪습니다.

부족함까지도 채워가며 함께 살아가는 세상이 아니라 때로는 아흔아홉 개를 가진 부자가 가난한 이들의 단 하나를 탐하기도 합니다. 모두가 하느님의 창조질서를 살아가는 피조물로서 생명을 나누면서 서로를 배려하고 서로를 성장시켜주는 공생과 상생의 공동체는 불가능한 일일까요?

철석같이 믿고 따르던 주님의 죽음 앞에 절망에 빠져 엠마오를 향하던 제자들에게 부활하신 주님께서 동행하시며 말씀을 건네고, 새 희망의 눈을 열어주셨습니다. 치열하고 처절하기까지 한 경쟁사회 안에서 우리 영혼이 딱딱하게 병들어갈 때도 마음의 문을 두드리시

"그들의 눈이 열려 예수님을 알아보았다. 그러나 그분께서는 그들에게서 사라지셨다."(루카 24,31)
엠마오로 추정되는 장소 가운데 한 곳인 아부고쉬(키르얏 아나빔)에 세워진 성당을 찾아가서, 우리와 늘 동행하시는 부활하신 주님을 알아볼 수 있기를 기도했다. (사진_이선미 로사)

는 부활한 주님의 평화와 사랑이 공생과 상생을 꿈꾸며 '다시 시작'할 수 있는 발판이 되었으면 좋겠습니다.

ᕦ

요즈음 우리 한국천주교회 안에서도 여러 사안에 대하여 진보와 보수로 갈라지면서 갈등과 분열의 양상이 자주 발견됩니다. 교회가 분열되어서는 안 된다는 말씀, 당연합니다. 하지만 갈등과 분열은 구분되어야 할 것입니다. 진보와 보수가 상생하고 공생하는 과정에서 갈등이 수반되는 것은 당연한 일입니다. 이러한 갈등을 잠재우려고 인위적인 봉합을 시도하거나 억지로 한목소리를 만들려고 할 때, 오히려 더 큰 분열이 초래되고 말 것입니다.

보수, 진보를 고집하며 "나는 바오로 편이다", "나는 아폴로 편이다"(1코린 1,12 참조) 저마다 편 가르기를 한다면, 우리 교회도 초창기 코린토 교회 같은 아픔과 시련과 내홍을 겪게 될 것입니다.

아픔을 겪고 있는 한국교회가 신앙 안에서 이러한 문제에 슬기롭게 대처하고 극복해 나갈 수 있도록 함께 노력해야 하겠습니다. 그리고 교회가 흔들릴 때마다 질책과 충고를 아끼지 않고 몸소 좋은 모범과 표양을 통해 길을 제시하고 안내했던 바오로 사도처럼, 한국 천주교회를 위해 투신할 주님의 참제자들을 보내주시도록 기도하고 싶습니다. 누구보다 독자 여러분이 바로 그분이었으면 좋겠습니다.

용서하라, 그러나 결코 잊지는 마라
2014. 05.

'작은 거인' 만델라 대통령의 위대함은 조건 없는 용서와 진솔한 화해에 있습니다. 27년간 옥살이를 한 그는 정치적 보복이나 판단에 휩쓸리지 않고 인간 존엄에 바탕을 둔 자유와 평등의 신념을 확고히 지켰습니다. '진실과 화해 위원회'를 통해 과거의 잘못을 명백히 밝히면서도 흑인과 백인이 평화롭게 공존할 수 있는 사회를 만들어 상처받고 분열된 남아프리카공화국을 하나로 이끌었습니다. 그는 가장 먼저 경악스럽고 수치스러운 과거에 대해 범죄자의 솔직한 인정과 반성을 요구했습니다. 그리고 비로소 조건 없는 용서와 화해라는 치유과정이 이어졌습니다.

우리나라에도 크고 작은 아픔과 상처가 많지만 가해자나 가해세력이 진실한 사죄와 반성을 한 적이 없습니다. 민족의 아픔과 비극을 화해와 상생으로 승화하려는 노력은 고사하고 일부 극우단체와 보수 성향 교과서에서는 국가기념일로 제정한 제주 4·3사건과 광주 5·18민주화운동마저 부정하거나 언급을 회피하고 있는 것이 현실입니다.

국가기념일로 제정된 후 처음으로 찾아간 제주 4·3 평화공원 안에는 기념관과 위령탑, 조형물 귀천과 각명비가 "용서는 하되 잊지는 말라"는 강한 메시지와 함께 우리를 맞아주었다. (사진_최낙웅 토마스 아퀴나스)

　　자꾸만 사람들은 피해자에게 용서하라고 등을 떠밉니다. 용서하지 못하는 것이 마치 피해자의 문제인 것처럼 그들을 다그치기까지 합니다. 애써 눈을 감고 외면한다고 해서 역사의 참혹한 비극이 지워지지는 않습니다. 부정하고 감춘다고 해서 아픔과 상처가 아무는 것은 결코 아닙니다. 우리는 남아공 만델라의 기적을 일구어낼 수가 없을까요?

　　　　　　　　　　✠

　　홀로코스트로 죽어간 순교자와 영웅들을 기리며 세운 예루살렘 '야드 바쉠(Yad Vashem)' 기념관 입구에는 "용서하라, 그러나 결코 잊지는 마라(Forgive but never forget)."는 글이 새겨져 방문객을 숙연하게 합니다.

올바로 평가되지 않고 간과되어 온 과거사와 진실을 알면서도 덮어버린 많은 사건과 상처들로 인해 우리 사회는 얽히고설킨 분노의 올가미에 아직도 묶여있습니다. 특히 4, 5월이 되면 피눈물과 더불어 가슴 저리게 울려오는 흐느낌이 있습니다. 누가 용서를 청해야하고, 누구를 향해 무릎을 꿇어야 하는지 우왕좌왕하는 시기이기도 합니다.

피해자에게 용서하라고 말하기 전에, 화해하라고 말하기 전에 가해자에게 용서를 빌라고, 지금 당장 사죄하라고 촉구하는 것이 마땅한 일입니다. 그래야만 진정으로 용서할 수 있고 그래야만 진정으로 화해할 수 있기 때문입니다.

지난 4월 하느님의 자비주일에 시성되신 성 요한바오로 2세 교황은 '기억의 정화'를 통해 개인과 공동체의 양심을 자유롭게 할 수 있다고 하셨습니다. 교황님은 지난 2000년 대희년을 맞으며 교도권 차원에서는 처음으로 하느님 앞에 무릎을 꿇고 과거와 현재의 자녀들이 지은 죄에 대해 용서를 간청하셨습니다.

"화해와 일치는 남을 받아주고 용서하는 마음에서 비롯됩니다. 용서는 피해자가 가해자에게 해줄 수 있는 '가장 아름다운 것'입니다."
(김수환 추기경, 《그래도 사랑하라》에서)

보통사람이라는 역설

2014. 06.

전남 진도군 조도면 병풍도 인근 앞바다에서 침몰한 세월호의 선수가 수면 아래로 가라앉은 뒤 〈조선비즈〉(2014.4.19.)에 이런 글이 올라왔습니다.

"침몰하는 세월호는 한국 사회의 축소판이다. 세월호의 선장과 조타수, 3등 항해사는 세월호 침몰 당시 승객들을 남겨두고 먼저 탈출했다. 위기에 처하면 몰래 빠져나가는 재벌 회장, 국회의원 같은 한국 사회지도층의 모습과 닮은꼴이다. (중략) 세월호만 침몰하는 것이 아니라 대한민국도 침몰하고 있다. 침몰하는 대한민국호에는 눈 씻고 찾아봐도 선장이 없다."

보수적인 언론매체까지 한목소리로 이렇게 질타했습니다. '국민의 생명과 안전을 지켜주지 못하는 정부가 어찌 정부인가!'

촌음을 다투는 위기상황에서 기본에 충실하지 못한 정부와 해경은 허둥지둥 우왕좌왕 갈팡질팡 뒤죽박죽이 되어 민망할 정도로 어쩔 줄 몰라 했습니다. 구조에 방해될 수 있으니 현장 방문을 자제해

"기뻐하는 이들과 함께 기뻐하고 우는 이들과 함께 우십시오."(로마 12,15)
움직이지 말고 가만히 앉아있으라는 어른들의 말을 신뢰하면서 구명조끼를 입은 채 선실에서 조용히 앉아 기다리다 변을 당한 고등학생들처럼 보통사람은 왜 자주 참담한 현실을 만나야 할까! 하지만 보통사람은 서로의 기쁨과 슬픔을 잘 안다. 그래서 함께 기뻐하고 함께 울어줄 수 있다. 세월호 참사로 많은 아이들이 희생된 단원고 입구에 간절한 마음으로 묶은 무수한 리본들. (사진_이선미 로사, 2014년 4월 26일)

달라고 피해자 가족들이 요청했지만 공무원, 여야 정치인들과 6·4 지방선거 출마자들은 다투어 사고현장을 방문했고 이들에게 브리핑 하느라고 해경과 해군은 정신이 없었습니다.

　책임져야 할 힘있는 사람은 모두 빠져나가고 그저 힘없는 사람만 희생되는 황당한 경우를 우리는 살아오면서 너무 자주 마주쳤습니다. 이번 6·4 지방선거에서 우리는 또 한번 '보통사람'을 가려냅니다. 이제 가만히 있어서는 안 되겠습니다. 지금 우리에게는 힘없는 서민을 위하여 끝까지 책임을 져주는 선량이 필요할 뿐입니다.

보통사람, 정치혁신, 특권 내려놓기……. 매번 선거철마다 단골로 등장하는 메뉴입니다. 쇄신을 부르짖으면서 읍소하는 후보자들은 정치적·경제적·사회적으로 혼탁한 상황을 정리해야 할 적임자로 '보통사람'인 자신이 조국의 부름을 받았다고 주장하면서, 이 부름을 겸허하게 받아들여 지역구는 물론 국가와 민족을 위해 몸을 던지겠다고 합니다.

과연 누가 '보통사람'일까요? 김남조 마리아 막달레나 시인은 이렇게 귀띔해줍니다. "성당 문 들어설 때 마음의 매무새 가다듬는 사람, 동트는 하늘 보며 잠잠히 인사하는 사람, 축구장 매표소 앞에서 온화하게 여러 시간 줄서는 사람, 단순한 호의에 감격하고 스쳐가는 희망에 가슴 설레며 행운은 의례히 자기 몫이 아닌 줄 여기는 사람, 울적한 신문기사엔 이게 아닌데, 아닌데 하며 안경의 어룽을 닦는 사람, 한밤에 잠 깨면 심해 같은 어둠을 지켜보며 불우한 이웃들을 골똘히 근심하는 사람."

이번 선거에서도 후보자들은 너나 할 것 없이 자기가 '보통사람'임을 역설하고 있습니다. 우리 보통사람들이 이번에는 정말 반드시 '보통사람'을 제대로 가려내야 하겠습니다!

강은 다시 흘러야 합니다

2014. 09.

많은 이가 강을 따라 걸었습니다. 걸으며 탄원했습니다. 울며 기도했고 소리치며 호소했습니다. 원하는 것은 태초의 창조질서 그대로 강이 흐르게 하라는 것이었습니다.

그러나 아무것도 되돌리지 못한 채 강은 파헤쳐졌고 그 끝에 이르러 오늘 세월호가 침몰했습니다. 4대강을 파헤친 탐욕의 질주가 오늘은 세월호를 우리 눈앞에서 침몰시켰습니다.

그 질주는 아직 멈추지 않았습니다. 주님의 식탁이 아니라 탐욕의 파티에서 떨어지는 부스러기라도 주워 먹겠다는 목소리가 팽배한 사회에서 그 질주는 끝이 날 것 같지가 않습니다. 지금 4대강은 바로 우리의 맨 얼굴입니다. 예로부터 살아오던 물고기들이 사라진 자리에 미증유의 생명체가 발생해 악취가 진동하고 물은 썩고 있습니다.

프란치스코 교황님은 지난 7월 아르헨티나 주간지와의 인터뷰에서 "인간이 자연을 폭압적으로 착취함으로써 자멸의 길로 가고 있는 건 아닌가." 생각한다며 "자연을 존중하고 돌보자."고 요청하셨습니다.

2010년 한국천주교 주교단이 촉구했던 생명의 길은 오늘도 여전히 절박합니다. "보아라, 내가 오늘 너희 앞에 생명과 행복, 죽음과 불행을 내놓는다. 너희와 너희 후손이 살려면 생명을 선택해야 한다."(신명 30,15.19) 오늘 생명을 택하지 않으면 내일 또다시 죽음의 4대강이 엄습할 것이고 내일 또 다른 세월호가 침몰할 것입니다. 강은 다시 흘러야 합니다.

✠

　최근 드러나는 4대강사업의 결과를 바라보며 흐르지 않는 강에서는 생명 또한 살아갈 수 없다는 것을 통감하고 있습니다. 4대강의 습지 41퍼센트가 사라졌고 수생태계가 교란되어 '녹조라떼'나 '큰빗이끼벌레'가 더 이상 낯선 단어가 아닙니다. 눈앞에 보이는 이 통탄할 현실은 자연의 반격, 어쩌면 복수일지도 모르겠습니다.

　4대강사업은 애초에 목적으로 내건 수량 확보, 홍수 예방, 수질 개선 등은 전혀 충족하지 못하고, 대신 어이없는 입찰비리와 담합, 일자리 및 수익창출 실패, 환경파괴 등 온갖 방종과 범죄의 복마전이었음이 양파껍질처럼 밝혀지고 있습니다.

　우리 교회는 몇 년 전부터 너무나 뻔히 보이는 환경파괴를 우려하며 4대강사업 재고를 강력하게 촉구했습니다. 취소를 못하겠다면 속도 조절이라도 하라고 요청했습니다. 그러나 정부는 오히려 속도전으로 밀어붙였고, 날림으로 마무리된 4대강에 대해 이제야 몇몇 언론이 '재앙이 된 4대강'이라고 비판하며 4대강의 현재를 보도합니다.

　4대강의 악취가 온 나라에 퍼지고 있습니다. 하지만 누구도 책임

아, 남한강! 처절하게 파헤쳐지던 남한강! 한반도를 운하로 연결하려던 계획이 국민적 저항에 부딪치자 이명박 정부는 '4대강 살리기 프로젝트'라는 이름으로 급선회하여 사실상 대운하 사업을 밀어붙였다. 2년 남짓한 기간 동안 무려 22조 2000억 원을 쏟아 부으면서 마치 군사작전처럼 사업을 강행한 정부는 졸속으로 공사를 완료한 다음, 4대강 사업을 직접 수행한 수자원공사와 건설업체 및 4대강 홍보에 적극적이었던 1157명에게 2002년 월드컵 이래 최대 규모의 훈장 및 표창을 수여하기도 했다. (사진_이선미 로사)

지는 사람은 없고, 반대하는 여론을 '국론분열'로 몰아붙이며 4대강 사업을 옹호하고 찬양하던 공직자와 정치인과 학자들은 소리죽여 침묵하고 있습니다. 그 무책임한 침묵 역시 이 나라를 썩게 만들고 선량한 시민들을 숨 막히게 하는 악취입니다.

심지어 이미 천문학적인 비용을 쏟아부었으나 공기에 쫓겨 졸속으로 마무리하느라 매년 수천억의 유지관리비가 들 것이라고 합니다. 수자원공사가 8조 원에 이르는 빚을 갚을 능력이 없다며 세금으로 보전해야 한다고 버젓이 요구하자 박근혜 정부는 8월에 이를 승인했습니다. 치열한 반대 여론을 무릅쓰고 강행해 놓고 모든 부담을 국민들에게 떠넘기다니, '눈 가리고 아웅'도 이 정도면 대형범죄 수준입니다.

이미 늦었지만 지금이라도 4대강을 되살려야 합니다. 병들어 신음하는 4대강에 '자연'의 본래 호흡을 되돌려야 합니다. 우리 문제이고 우리 책임입니다. 우리는 강이 흐르도록 복원해야 할 책임이 있습니다.

강은 다시 살아나야 합니다.

시한폭탄이나 다름없는 원자력발전

2014. 11.

2013년 10월 한국천주교주교회의는 추계총회 후 핵발전에 대한 한국천주교회의 성찰을 담은 소책자 〈핵기술과 교회의 가르침〉을 발간하였습니다. 여기에서는 '원자력발전' 대신 '핵발전'이라는 용어를 사용했는데, 본질적으로 핵분열을 이용한 기술이기 때문입니다.

1979년 미국 스리마일 핵발전소 사고에 이어 1986년 구소련 체르노빌의 재앙, 그리고 2011년 일본 후쿠시마 원전 폭발 등 경악스러운 대형사고가 아니더라도 현재 핵발전은 많은 문제점과 위험을 드러내고 있습니다.

핵발전소 자체의 위험은 차치하더라도 세월호 참사에서 보았듯이 안전 불감증이 팽배한 우리나라에서는 부지와 시공업체 선정, 짝퉁 부품 사용, 관리 부실, 평가서와 보고서 위조와 변조 등 온갖 비리가 끊이지 않고 법과 원칙과 절차를 무시하고 추진한 흔적이 곳곳에서 발견되기 때문에 원전의 안정성조차 믿을 수 없는 지경입니다.

후쿠시마 원전 사태 직후 원전 강대국 독일은 탈핵을 선언하면서 2022년까지 원전을 폐쇄하겠다고 약속하였습니다. 후쿠시마 사건 이후에도 원전을 장려하면서 배짱 있게 가동하는 나라는 아마 우리

눈부시게 아름다운 슬로베니아 블레드 호수에는 자연환경을 지키고 보존하기 위해 무동력 나룻배 플레트나가 떠다닌다. (사진_이선미 로사)

나라뿐 아닐까요?

4대강의 재앙을 애써 모르는 척하는 정부, 수많은 아까운 목숨을 눈앞에서 수장시키고도 6개월이 지나도록 진상규명 방안조차 제대로 마련하지 못한 채 총체적 무능을 드러내고 있는 정부와 국정 최고책임자가 종국에는 유가족과 국민들을 막다른 길로 몰아넣으며 적반하장으로 일관하는 것만 같아 안타깝기만 합니다.

원전 문제에서도 당사자인 한국수력원자력(한수원)은 부조리와 비리로 얼룩진 핵발전소의 문제점을 가급적 덮고 얼렁뚱땅 넘어가려는 인상을 강하게 줍니다. 정부 역시 한수원의 궁색하고 허울 좋은 변명을 그대로 수용한 채 우왕좌왕하는 것 같아 참으로 걱정입니다. 국민들은 매일 시한폭탄을 안고 살아가는 것만 같습니다.

✠

지난 6·4지방선거에서 눈에 띄는 결과가 있었습니다. 핵발전소 건설 예정지인 강원도 삼척 시장 선거에서 '원전 백지화'를 내건 후보가 큰 표 차로 당선된 것입니다. 지난 10월 9일 원전 유치를 두고 실시한 주민투표에서도 85퍼센트가 반대표를 던져 성난 민심을 드러냈습니다.

전 세계적으로 이미 폐쇄한 원전 140여 기의 평균 가동연수는 23년이었습니다. 그런데 우리나라는 현재 21기를 운영하면서 42기까지 늘리겠다고 합니다. 30년을 훌쩍 넘은 노후 원전까지 여전히 가동하고 있으니 위험천만한 일이 아닐 수 없습니다.

원전의 위험성을 지적하며 개선을 촉구하면 관계자들은 그 즉시 대안을 내놓으라고 합니다. 국민이 반대하는 논리와 내용이 타당하고 근거가 있다면 대안은 당연히 국민의 녹을 먹고 있는 정부의 몫이요 책임입니다. 대안이 없으면 가만히 잠자코 있으라는 건 우리나라 전체를 세월호로 침몰시키겠다는 것과 다름이 없습니다.

설령 원전이 안전하게 폐쇄된다 하더라도 모든 문제가 끝나는 것이 아닙니다. 현재 지구상에는 핵발전소를 운용하는 과정에서 생기는 방사능 폐기물이나 예기치 않은 사고가 남기는 폐기물들을 완벽하고 안전하게 처리할 수 있는 기술과 방법과 장소가 존재하지 않습니다. 방사능 폐기물은 아슬아슬한 폭탄을 후대에 물려주는 것과 다름이 없습니다.

지금처럼 엄청난 양의 전기를 소비하고 원전을 계속 가동하게 되면 점차 방사능 폐기물이 온 지구를 덮게 되어 아름다운 지구를 영원히 공포의 방사능 쓰레기 매립장으로 만들게 될 것입니다. 여러분은 어떠한 선택을 하시겠습니까?

04

아남네시스(ἀνάμνησις 기억) &
케리그마(κήρυγμα 선포)

"모든 것이 은총입니다!
Tout est grâce!"

_소화 데레사

사람은 무엇으로 사는가

요즘 성북동 산책길은 참으로 아름답습니다. 그동안 익숙했던 풍경들이 모습을 바꾸면서, 어디라도 시선을 붙잡지 않는 곳이 없습니다. 서울 성곽의 돌계단을 하나하나 올라가며 오늘 성경말씀을 묵상합니다.

오늘 마르코 복음의 예수님은 예루살렘에 입성하시어 사두가이들과 논쟁을 벌입니다. 토론을 지켜보던 율법학자 한 사람이 "모든 계명 가운데에서 첫째가는 계명이 무엇입니까?"(마르 12,28) 하고 물었습니다. 예수님은 "너희는 마음을 다하고 목숨을 다하고 힘을 다하여 주 너희 하느님을 사랑해야 한다."는 신명기 말씀의 삼중 표현에 네번째 요소를 더해 "네 이웃을 너 자신처럼 사랑해야 한다." 하고 말씀하십니다. 굳이 율법학자의 말을 빌리지 않더라도 이 말씀은 신명기의 완성으로 보입니다. 그리고 주님은 몸소 당신 자신을 희생 제물로 바치심으로써(히브 7,27 참조) 하느님께 대한 사랑과 이웃에 대한 사랑의 모범을 우리에게 미리 보여주셨습니다.

우리가 어떻게 보이지 않는 하느님을 사랑할 수 있겠습니까? 보이는 이웃은 아마 나를 제외한 모든 사람이겠지요. 그 이웃을 내 몸같이 사랑할 때 하느님을 사랑한다는 것이 구체적인 실체로 드러나며 스스로 입증이 되겠지요. "하지만 이렇게 말처럼 쉬울까?" 이런 생각을 하다 문득 바라보니 저 멀리 남산 서울타워가 보입니다. 무심히 바라본 타워는 낯설고 또 낯설어서 다른 아름다움을 보여줍니다. 익숙해져있던 시각에서 벗어날 때 문득 본래의 모습이 보이는 것처럼 말입니다.

자신의 전 존재를 걸고 하느님을 사랑하라는 의미에서 예수님은 "마음을 다하고 목숨을 다하고 힘을 다해 사랑하라."는 신명기의 말씀을 인용하시지요. 생각해 보면 이렇게 하느님을 사랑한 적이 있었나 싶습니다. 내가 가진 모든 지극함과 진실함으로 어느 대상을 간절하게 생각하고 '사랑'의 정의에 맞는 그 무엇으로 상대를 생각해 본 적이 있었는지……. 그 상대가 더더욱 하느님이라니! 저분께는 참으로 죄송하지만 아주 오래전 까마득한 일 같습니다.

이 생각에 묶여 걸음이 더는 옮겨지질 않습니다. 그 때 예수님께서 아주 진지하고 다정하게 또 조용히 나를 바라보시는 것 같습니다. 아마 마음과 목숨과 힘을 다한 그런 완전한 사랑은 불완전한 우리가 당신을 사랑한다고 고백할 때 하느님께서 우리의 부족함과 모자람을 채워주시면서 그분께서 친히 완성시켜주실 것 같습니다.

오늘 성경 말씀들은 사랑의 의무를 강요하는 것은 아닌 것 같습니다. 우리가 세파에 시달려 저만치 밀쳐놓았던, 어쩌면 밀쳐놓았는지도 몰랐던 예전의 순수한 사랑을 다시 기억하라고 주님께서 건네시는 말씀인 것 같습니다.

　17세기 성인 빈첸시오 드 폴 사제는 충고합니다. "사랑은 모든 규칙에 우선하며 만사는 무엇보다 사랑으로 행해져야 합니다." 20세기 성녀 소화 데레사는 고백합니다. "어머니이신 교회의 마음속에서 저는 '사랑'이 되겠습니다. 그리하여 모든 것이 되겠습니다. 제 성소는 '사랑'입니다!"《사람은 무엇으로 사는가》라는 단편에서 19~20세기 문호 톨스토이는 '사랑'으로 살아간다고 서슴없이 말합니다.

[2006년 11월 5일_연중제31주일(나해)_서울주보]

과부열전(列傳)?

오늘 독서와 복음을 묵상하다보면 한 폭의 프레스코 그림이 떠오릅니다. 아주 오래전에 그려져 색도 흐려지고 그림 윤곽도 잘 보이지 않고, 남은 것은 시간에 마모된 흔적들. 그럼에도 그 그림 속 풍경이 마음에 남는 것은 기억과 추억으로 대상을 보기 때문인지도 모릅니다.

사렙타 마을의 과부와 마르코 복음의 가난한 과부가 그렇습니다. 사렙타 과부가 고개 숙인 채 서 있습니다. 그가 마지막 남은 밀가루로 구운 작은 빵 하나를 들고 오자 엘리야 예언자는 하느님께 기도를 드렸지요. 그리고는 하느님께서 이스라엘에 비를 내리실 때까지 과부의 집 단지에는 밀가루가 떨어지지 않고 병에는 기름이 마르지 않았습니다.

어찌 보면 성경에서는 엄청난 기적이 화려한 수식과 장식을 다 떼어낸 한 폭의 프레스코 그림처럼 그려집니다. 하느님의 돌보심과 자비가 이스라엘 국경을 넘어 엘리야의 가장 모진 원수와 같은 이제벨

그림_김형주 이멜다, 〈엘리야 사렙타로 가다〉

왕비의 고향, 이방인 마을의 과부에게까지 미친다는 의미는 더 부연할 필요가 없겠지요.

마르코 복음 이야기도 그렇습니다. 가난한, 아주 가난한 과부가 예루살렘 성전에서 헌금함에 동전을 넣습니다. 그 모습을 예수님께서 바라보고 계십니다. 렙톤 두 닢, 지금 우리 돈으로 200원 정도 되는 돈을 넣으면서 자랑스럽고 당당할리는 없겠지요. 본인에게는 가진 돈 전부이지만 남이 볼까 조심스러워 과부는 고개를 숙이고 허리를 굽혀 동전을 넣고 있습니다. 렙톤 두 닢은 하루 생활비라고 하기에도 턱없이 작은, 그야말로 한 끼, 입에 풀칠할 정도의 돈입니다. 말하자면 그 돈은 사렙타 과부의 밀가루 한 줌과 같습니다. 그 돈을 말없이 넣고 있는 과부와 그 과부를 바라보시는 예수님.

"자기가 소유한 모든 것을 하느님께 다 바쳤다는 의미에서 예수님께서 과부의 믿음을 칭찬하셨고 우리도 그렇게 해야 한다." 이런 해석만을 강조한다면 복음의 참된 핵심을 비켜가는 것입니다. 지극히 어려운 처지에서도 믿음으로 순종하여 응답하는 사렙다 과부처럼(1열왕 17,15) 가진 것 모두를 하느님께 봉헌하는 예루살렘 과부의 마음과 그 마음을 말없이 받아주시는 예수님.

생각해보면 지극히 높으신 분께 인간 세상의 그 무엇이 필요하겠습니까. 그분께 드릴 수 있는 것은 당신을 사랑하는 우리의 마음이겠지요. 또 그 마음이 담긴 어떤 것들이겠지요. 가톨릭성가 221장에 소개된 성 이냐시오의 기도처럼 "내게 주신 자유와 나의 기억과 지력, 나의 의지, 또 내가 소유한 모든 것들"일 겁니다. 당신께는 지극히 하찮은 것들을 주님께서는 기꺼이 또 기쁘게 받아주십니다.

사렙타 마을과 예루살렘이 배경인 오늘의 독서와 복음의 장면들을 마치 한 폭의 프레스코화처럼 오래도록 보고 있습니다. 오늘 복음 앞부분에 나오는 율법학자들의 명예욕과 재물욕과는 확연하게 다른 단순한 이 그림을 보다보니 마치 제가 그림 속에 있는 듯합니다. 저는 이 그림들 한쪽에 조그맣게 그려질 수 있을까요. 아니면 그림 속 여백으로라도 남아있을까요. 어떤 모습이든 주님의 눈길이 머무시는 작은 흔적이라도 되었으면 합니다.

"햇님만 내 님만 보신다면야 평생 이대로 숨어 숨어서 피고 싶어라."(최민순, 〈두메꽃〉에서)

[2006년 11월 12일_연중제32주일(나해)_서울주보]

종말_영원과 순간 사이에서

북악산 산책로를 걷다보면 가을의 절정은 오히려 지금인 것 같습니다. 색색의 옷으로 물들어 있던 나뭇잎도 다 떨어졌는데, 그나마 남아있는 마지막 잎들을 떨궈 내느라 나무가 시들고 생기를 잃어갑니다. 이미 떨어진 낙엽, 아직 남아 있는 나뭇잎. 봄날과 여름을 잊어버린 듯 깊은 침묵 속에 잠겨드는 나무. 늦가을은 변하는 것과 변하지 않는 것, 영원과 순간을 사색하기에 좋은 때인 것 같습니다.

이런 생각에 잠겨 오늘 독서와 복음을 묵상할 때 충격적인 느낌이 스쳐가기도 합니다. 다니엘 예언서부터 구체적으로 나타나기 시작한 세말(世末)에 관한 종말론적인 색채와 묵시문학적 이미지 때문이겠지요. 가장 큰 재앙을 말씀하시는 복음의 내용은 제1독서의 다니엘서를 다시 읽는 것 같습니다. 기근, 전쟁, 재난, 종말, 거짓 그리스도들과 거짓 예언자들, 표징과 이적들, 정해진 때, 그리고 사람의 아들.

우리가 상상하기엔 너무나 엄청난 내용들인데, 가끔 현실에서 두려운 재앙을 목도하기도 합니다. 9·11테러와 인도네시아를 덮친 쓰나미, 여름의 집중호우, 이스라엘의 레바논 침공, 북한의 대포동 미사일 발사, 핵실험 등 지구 곳곳에서 재난의 조짐들이 보이고 또 시작된 것 같습니다. 그래서 '세말과 묵시(apocalypsis)'는 공포를 불러일으키는 단어가 되어 버렸습니다.

이런 모든 불확실함과 공포를 딛고 정말 무엇인가를 다시 희망하게 하는 것은 제2독서의 히브리서 말씀입니다. 율법을 넘어서고 율법을 완성하시는 예수님, 당신 친히 제물이 되시어 단 한 번의 제사로 많은 사람들의 죄를 없애고 그들을 영구히 완전하게 하시는 분. 종말의 때를 묵상하면 할수록 전능하신 하느님의 권능이 회오리바람처럼 몰려옵니다. 전능하신 하느님은 두려운 분이지만 '하느님께 대한 사랑'과 '이웃에 대한 사랑'으로 살아가는 우리에게는 그 마지막 날이 하느님을 직접 만나 뵙는 즐거운 상봉의 날이 될 것입니다.

일상에 묻혀 살아가는 우리가 무화과 잎이 연해지는 것을 보고도 여름이 오는 것을 알지 못한다하더라도 종말의 때는 올 것이며 그것을 피할 수는 없겠지요. 그때 사람의 아들로 오시는 예수님을 기다립니다. 당신을 믿는다고 말하면서도 뭘 믿는지 모르고, 당신을 사랑한다 말하면서도 당신이 어떤 분이신지 알지 못하는 어리석고 죄 많은 불쌍한 우리들을 그분의 사랑이 구원해주시리라 믿습니다.

악의 세력이 막강해 모든 것이 끝난 것처럼 보여도 결국 세상과 역사를 지배하고 주관하시는 분은 하느님이십니다. 하느님께서는 당신을 충실히 믿는 이들을 구원하실 것이므로 항상 '깨어 있어라'라는 말씀대로 살아가는 것이 구약성경의 묵시문학과 오늘 복음이 겨냥하는 목표입니다.

　이런 생각에 잠겨 걷고 있자니 날이 어두워져 아까 보았던 나무와 낙엽들이 잘 보이지 않습니다. 순간 알 수 없는 평화가 밀려옵니다. 사람의 구별과 분별이 사라지는 시간. 그 시간은 또 다른 질서가 시작되는 시간이겠지요. 온갖 분별과 인식을 넘어선 하느님의 가치와 질서로 채워지는 또 다른 세상을 생각하니 편안해집니다.

[2006년 11월 19일_연중제33주일(나해)_서울주보]

예수님, 그분은 과연 누구신가

　　연중 33주일과 대림 1주일 사이에 '그리스도왕 대축일'을 지내는 이유는 역사가 예수 그리스도를 중심축으로 하여 종말, 곧 완성을 향해 달려가고 있음을 고백하고, 요한묵시록에 계시된 대로 '처음과 마지막'이신 그분의 왕권을 전례 안에서 고백하기 위함일 것입니다.

　　예수님의 일생은 '영광과 권세의 임금'과는 거리가 먼 삶이었습니다. 베들레헴에서 소박하다 못해 초라하게 태어나셨고, 십자가 위에서 인생의 마지막 순간을 넘기신 그분께 "유다인들의 임금 나자렛 사람 예수"(요한 19,19)라는 조소 섞인 명칭이 주어졌을 뿐입니다. 십자가 위에서 가시관을 쓴 채 피와 물을 쏟는 그분의 모습은 인간적인 측면에서 볼 때 완전한 실패였습니다.

　　그러나 하느님의 계획은 우리 계산과는 완전히 다른 곳에 있었습니다. "멸망할 자들에게는 십자가에 관한 말씀이 어리석은 것이지만, 구원을 받을 우리에게는 하느님의 힘입니다. 그렇지만 유다인이든 그리스인이든 부르심을 받은 이들에게 그리스도는 하느님의 힘

예루살렘에 입성하시는 예수님,
수많은 군중이 자기들의 겉옷을 길에 깔고,
어떤 이들은 나뭇가지를 꺾어다가 길에 깔았다. 그리고 외쳤다.
"다윗의 자손께 호산나!
주님의 이름으로 오시는 분은 복되시어라. 지극히 높은 곳에 호산나!"

그림_송경 클라라

이시며 하느님의 지혜이십니다. 하느님의 어리석음이 사람보다 더 지혜롭고 하느님의 약함이 사람보다 더 강하기 때문입니다."(1코린 1,18.24-25)

메시아, 임금 중에 전혀 임금처럼 보이지 않는 그런 예수님을 우리는 믿고 고백하고 있습니다. 물질적인 것에 최고의 의미와 가치를 부여하며 금전만능주의 맘몬(Mammon)을 섬기면서 탐욕과 쾌락, 권력과 문란한 생활을 탐닉하는 세상에서, 명예와 긍지, 봉사와 희생 그리고 사랑의 실천 등이 상대적 가치로 전락해버린 지금, 십자가에 달린 연약한 예수님이 임금, 메시아, 주님이라는 사실은 믿기 어려우면서도 놀랍기만 한, 그야말로 역설입니다!

주님은 당신을 메시아 임금으로 모시는 기준을 이미 말씀해주셨고 몸소 실천으로 모범을 보여주셨습니다. "부러진 양은 싸매주고 아픈 것은 원기를 북돋아주시는"(에제 34,16) 참 목자처럼 도움을 필요로 하는 가장 보잘것없는 이웃에게 온정을 베푸는 것입니다(마태 25,31-46). 거창하고 어려운 것을 요구할 줄 알았던 성서학자들은 물론 신학자들도 깜짝 놀랐습니다. 너무나 쉽지만, 그럼에도 실천은 가장 어려운 것을 요구하는 주님의 말씀 때문이었습니다.

임금, 최후 심판관, 절대 진리이신 그분을 뵙기 위해서는 삶을 근본적으로 바꾸는 겸손한 회개가 필요합니다. 십자가에 못 박히신 예수님 곁에는 두 명의 강도가 있었습니다. 그 가운데 하나가 "예수님, 선생님의 나라에 들어가실 때 저를 기억해주십시오."(루카 23,42) 하고 간청합니다. 마지막 숨을 넘기는 순간 지난 일생을 뉘우치면서 자기 자신에게 진실했던 강도가 예수님의 왕권을 최초로 고백했다는 사실도 역설입니다. 예수님은 바로 그 강도에게 최초의 왕권을 가시적으로 행사하셨습니다. "내가 진실로 너에게 말한다. 너는 오늘 나와 함께 낙원에 있을 것이다."(루카 23,43)

[2006년 11월 26일_그리스도왕 대축일(나해)_서울주보]

대림초에 불을 붙이며

오늘 제1독서는 유다 왕궁 경비대 울안에 갇혀있는 예레미야 예언자에게 내린 하느님 말씀을 전합니다. "나는 이스라엘 집안과 유다 집안에게 한 약속을 이루어주겠다."(예레 33,14) 독서 앞부분에는 "기쁜 소리와 즐거운 소리, 신랑 신부의 소리와 '만군의 주님을 찬송하여라. 그분의 자애는 영원하시다' 하고 말하는 사람들의 소리가 들릴 것이다."(예레 33,11)라는 신탁이 자리잡고 있습니다.

이렇게 절망적인 상황에서 가장 이상적인 구원의 모습을 말씀하시다니! 독서의 말씀은 다윗 임금 때에도 있을 것 같지 않았는데 말입니다. 하느님은 유다 백성들이 한 치의 희망도 보이지 않는 처지로 내몰리는 상황에서 그들을 포기하지도, 그들에게 절망하지도 않으십니다. 심지어 이런 불행을 초래한 장본인이 바로 그들 자신이었음에도 그들이 가져본 적이 없었던 꿈같은 행복까지 약속하십니다.

예레미야서와 루카 복음의 정황들, 그리고 그러한 상황에서 사람들이 간절히 기다렸던 그 무엇을 생각하면서 오늘 제2독서를 묵상

그림_송경 클라라, 〈새희망〉

하면 이런 약속들이 실제로 이루어진 듯합니다. 바오로 사도와 초대 교회 신자들은 주님께서 다시 오신다는 사실을 한 치의 의심도 없이 굳게 믿었지요. 그런 확신과 흔들림 없는 신앙 속에서 그들은 하루하루를 '그날이 바로 오늘'인 것처럼 살았습니다. 사도 바오로는 테살로니카 신자들에게 "우리가 여러분 덕분에 우리의 하느님 앞에서 누리는 이 기쁨을 두고, 하느님께 어떻게 감사를 드려야 하겠습니까?"(1테살 3,9)라고 감동적으로 말씀하십니다. 이 서간의 집필 연대가 기원후 50~55년경쯤이니 그래도 거의 2000년 전이네요. 그때의 신앙과 굳은 확신이 금강석처럼 빛이 납니다. 우리는 이런 확신을 가져본 적이 있었던가요.

오늘 복음은 주님의 재림 못지않게 우리 개개인의 죽음도 준비하면서 살아야 한다는 점을 강조합니다. 이때 가장 경계해야 할 것이 있다면, 그것은 '나에게는 시간이 넉넉하다'는 생각입니다. 우리 모두 내일을 전혀 예측할 수 없는 나약한 인간이며 내일은 은총이요, 자비의 시간이고 하느님의 영역이기 때문에 그렇습니다.

영원한 생명을 망각할 정도로 찰나적인 세상사에 몰두하며 살아가는 사람들에게는 재림과 죽음의 시간이 무섭고 두려움뿐이겠지요. 인생은 기다림 속에서 저물어간다고 누군가 말하였습니다. 하지만 우리의 기다림은 막연하고 모호한 것이 아니라 기쁨과 희망 속에서 그분의 오심을 준비하는 구체적이고 희망찬 기다림입니다.

지금은 어쩌면 1년 중에 가장 아름답고 행복한 때인지도 모를, 대림시기입니다. 그러나 이 기다림은 희생과 긴 인내를 요구한다는 점을 우리는 잘 알고 있습니다. 구상 시인은 고백합니다. 그리고 권고합니다.

"삶은 인내로구나. 삶은 긴 인내로구나. 삶은 길고 긴 인내로구나!"

[2006년 12월 3일_대림제1주일(다해)_서울주보]

세례자 요한과 더불어 삭풍을 맞으면서

대림 두번째 주일인 오늘 겨울의 한가운데로 들어가고 있습니다. 온 세상이 얼어붙는 그 한가운데에 오늘 복음의 세례자 요한이 서 계십니다.

유다 광야에도 겨울이 왔겠지요. 삭풍이 몰아치는 황량한 벌판에서 요한은 주님을 기다립니다. 출생부터 예사롭지 않았던 그가 광야에서 외칩니다. "너희는 주님의 길을 마련하여라. 골짜기는 모두 메워지고 산과 언덕은 모두 낮아져라. 굽은 데는 곧아지고 거친 길은 평탄하게 되어라. 그리하여 모든 사람이 하느님의 구원을 보리라."(루카 3,4-6)

세례자 요한에게서 아주 오래전부터 이스라엘이 간절히 바라던 소망이 이루어질 것이라는 전조가 새벽별처럼 나타납니다. 이렇게 강력한 메시지와 맞닿아있는 요한의 등 뒤로 주님을 향한 결코 흔들리지 않는 충정이 무장의 갑옷처럼 빛납니다.

세상의 안락과 부귀영화에 마음이 흔들리지는 않으셨습니까? 엘

예루살렘에서 예리코로 이어지는 유다 광야를 흐르는 와디켈트

리야 예언자의 영과 힘이 주어진 당신, 지극히 높으신 분의 예언자 되어 주님에 앞서 그분의 길을 준비하리라던 당신은 유다 임금 헤로 데의 손에 죽게 될 것입니다. 동생의 아내를 취하면 안 된다고 비판 한 탓으로 말이지요. 이제 그 보상으로 당신의 목이 쟁반에 담깁니 다. 이렇게 죽게 될 것을 알고 계셨습니까!

당신의 삶과 죽음을 생각하면서 또 당신을 메시아라 믿던 사람들 에게 자신은 주님의 길을 준비하러 온 광야에서 외치는 소리에 불과 하다고 말하는 당신의 정직하고 겸손한 목소리에서 우리는 주님의 종, 위대한 예언자를 봅니다. 또한 "그분은 커지셔야 하고 나는 작아 져야 한다."(요한 3,30)며 스스로를 그리스도를 알리는 이정표로 밝히 는 당신에게서 하느님을 향한 사랑과 결코 소진되지 않는 깊은 확신을 봅니다.

　성령으로 세례를 베푸시는 하느님의 어린 양, '말씀'이신 주님과 혼동하지 않도록 자신을 '소리'라고 소개한 요한은 자기에게 위대한 것이 있다면 그것은 주님께로부터 온다는 사실을 고백합니다. 예수님은 "여자에게서 태어난 이들 가운데 세례자 요한보다 더 큰 인물은 나오지 않았다."라고 하셨지만 당신은 우리 주님을 증언하기 위해 그 위대함을 보잘것없음으로 드러냄으로써 끝없는 겸손을 보여줍니다.

　머지않아 기다리는 분은 오실 것입니다. 그전에 우리는 회개의 합당한 열매를 맺어야겠지요. 깨끗하고 순수한 마음으로 처음의 사랑을 다시 찾아야겠지요. 주님께서 나를 바라보셨던 최초의 시선, 그 시선을 찾아 우리도 광야로 나가야겠지요. 그러기 위해서는 지금까지의 삶과는 완전히 다른 삶을 살아가는 회개를 통하여 "높은 산과 오래된 언덕은 모두 낮아지고 골짜기는 메워져 평지가 되도록 해야 할"(바룩 5,7 참조) 것입니다.

　우리는 지금 세례자 요한과 함께 차가운 겨울바람을 맞으며 유다 광야에 서있는 듯합니다. 오시기로 되어 있는 분, 메시아를 기다리면서 말입니다. ……예수님만이 영광을 받으실 분이십니다. "아멘. 오십시오, 주 예수님!"(묵시 22,20)

[2006년 12월 10일_대림제2주일(다해)_서울주보]

그러면 저희가 어떻게 해야 합니까

성경을 읽다보면 어느 곳, 어느 장을 펼치더라도 같은 말, 같은 단어가 반복되고 있음을 확인할 수 있습니다. 이런 현상은 구약과 신약을 막론하고 또 성경에서 누가 이야기하고, 누구에게 말하든 상관없이 나타납니다.

반복어법! 하느님께서 얼마나 이스라엘을 사랑하시는지, 또 그 사랑을 받아들이지 않는 이스라엘에게 얼마나 애가 타시는지, 이런 마음들이 아주 솔직하게 표현되어 있어 때로는 대중가요 노랫말처럼 느껴지기도 합니다.

오늘 독서와 복음도 그렇습니다. 어쩌면 대림시기 내내 반복되는 주제라 할까요. 올 한 해의 독서와 복음이 모두 그러하겠지요. 어디선가 들었던 단어와 내용이 조금씩 다르게 변주되면서 같은 주제, 같은 내용을 들려줍니다.

이스라엘을 사랑하신다는 말씀이 우리를 죽도록 사랑하신다는 말씀처럼 들리고 "널 한 번도 잊은 적이 없다."라는 아가서의 연가는

우리 역시 세례자 요한을 찾아가
"그러면 저희가 어떻게 해야 합니까?"
물어야 할 때입니다.

그림_김형주 이멜다, 〈세례자 요한의 증언〉

내게 쓰신 연서로만 느껴집니다. 그렇게 우리를 애타게 사랑하시는 임이 이제 곧 오실 것입니다. 등잔과 기름을 준비하고 신랑을 기다리는 신부처럼 아니, 오피르의 금으로 단장한 왕후처럼 주님을 맞아야 하겠지요. 기다리는 대상이 있고 기다리는 시간도 이제 손에 잡힐 듯합니다. 행복하다는 말은 굳이 더할 필요가 없겠군요. 여러분도 행복하십니까?

그런데 기다림의 시기가 절정에 다다른 듯한 오늘 독서와 복음은 모두 어떤 '때'를 암시합니다. "시온아, 두려워하지 마라. 힘없이 손을 늘어뜨리지 마라."(스바 3,16) 사도 바오로는 주님께서 오실 날이 얼마 남지 않았으니 "주님 안에서 늘 기뻐하십시오. 거듭 말합니다. 기뻐하십시오."(필리 4,4) 하고 권고합니다. 회개의 세례를 베풀던 세례자 요한은 "성령과 불로 세례를 주실"(루카 3,16) 주님을 예고하면서 그분께서 오실 때를 준비하라고 말씀하십니다.

이처럼 오늘 말씀들은 환희와 기쁨으로 넘치고 있습니다. 사제도 오늘 화려한 장미색 제의를 입고 미사를 봉헌합니다. 주님을 기다리면서 절제와 속죄, 기도와 자선을 하는 것이 마지못해 하는 것이 아니라 자진해서 기쁘게 하는 것임을 강조하기 위하여, 아울러 머지않아 아주 구체적으로 성취될 그 기다림을 기억하면서 기뻐하라고 오늘 독서와 복음은 우리를 초대합니다.

주님의 이 '때'를 준비하는 자세를 오늘 복음은 세 가지로 요약합니다. "그러면 저희가 어떻게 해야 합니까?"(루카 3,10) 하고 묻는 군중에게 세례자 요한은 우선 작은 사랑이라도 실천하라고 대답합니다. 세리들의 질문에는 직업윤리를 지켜 당연한 정의를 실천하고,

군사들의 질문에는 "아무도 강탈하거나 갈취하지 말라."고 대답합니다. 우리 역시 요한을 찾아가 개별적으로 "저는 어떻게 해야 합니까?" 하고 물어야 할 때가 왔습니다.

[2006년 12월 17일_대림제3주일(다해)_서울주보]

죽기 위해 태어나신 분

오늘은 온 세상 사람들이 흔히 말하는 '크리스마스이브'입니다. '성탄 전날'이 아닌 '크리스마스이브'는 예수님을 믿거나 믿지 않거나 상관없이 사람들의 마음속에 뭔가 알 수 없는 따뜻하고 행복한 것을 염원하게 합니다. 그런 소망이 흰 눈으로 내려 세상을 하얗게 덮을 것만 같은 날입니다.

오늘 제1독서는 유다의 작은 마을 베들레헴이 수신인입니다. 주님은 두 사람이 등장하는 2인극처럼 베들레헴에게 말을 건네십니다. 무능하고 불성실한 유다의 목자(임금)들을 대신해 "나를 위하여 이스라엘을 다스릴 이가 너에게서 나오리라……."(미카 5,1) 지금 베들레헴은 지명이 아니라 인명으로 느껴집니다. 주님은 '베들레헴'이 사람인양 그 곁에 앉아 말씀하십니다. 베들레헴은 수줍은 처녀처럼 고개도 들지 못하고 그 말씀을 듣고 있는 것 같습니다.

'주님께서 말씀하시고 우리는 듣고…….' 생각해 보면 여기에 무엇이 더 필요하겠습니까. 이런 무조건적인 신뢰와 사랑 위에 오늘밤

첫 성탄의 마을 베들레헴(그림_송경 클라라, 〈큰별성탄〉)

구세주께서 베들레헴에 탄생하십니다. "베들레헴에 탄생한 아기!" 아니, 처녀 마리아께서 품어 안으신 아기, 인류의 구세주께서 갓 태어난 아기의 모습으로 구유에 잠들어 계십니다. 이 광경을 보니 성경에서 자주 발견되는 모든 아이러니의 극치를 보는 듯합니다.

제2독서에서 사도 바오로는 예수님께서 사람이 되어 오신 것은 하느님의 뜻을 이루시기 위해서, 곧 소나 양 또는 곡물을 희생제물이나 봉헌물로 바치시기 위해서가 아니라 당신 자신을 우리를 위한 희생제물로 봉헌하시기 위해서였다고 고백합니다. 혼자서는 아무것도 할 수 없는 아기의 모습을 취하여 평화의 임금으로 오시는 그분의 탄생에는 이렇게 이미 십자가상 죽음과 부활이 전제되어 있습니다.

하느님께서 죄인인 우리를 대신해 돌아가신 놀라운 신비! 그래서 오늘 미사 본기도에서 우리는 "주님, 천사의 아룀으로 성자께서 사람이 되심을 알았으니, 성자의 수난과 십자가로 부활의 영광에 이르는 은총을 저희에게 내려주소서." 하고 기도합니다. 우리를 대신해 죽기 위하여 이 세상에 탄생하시는 주님의 성탄, 가장 큰 역설이 아닐 수 없습니다.

주님, 저희는 주님을 참으로 많이 기다려왔습니다. 당신이 어떤 모습으로 오셔도 당신은 우리의 주님이십니다. 주님, 부족한 우리의 경배를 받아주십시오. 이제 대림절 여정은 종착역에 다다른 것 같습니다. 먼 길을 걸어 도착한 곳은 2000년 전의 베들레헴, 성탄의 첫새벽입니다. 오히려 그곳은 우리를 오랫동안 기다려주셨던 당신의 마음이겠지요. 이 여정의 목적지이자 유일한 동행이셨던 분, 목적지의 안식이 밀물처럼 밀려옵니다.

이제 쉬어야 할 때인 것 같습니다. 안식과 평화, 성탄의 축복이 흰 눈처럼 내리기를 염원하는 밤입니다.

[2006년 12월 24일_대림제4주일(다해)_서울주보]

그의 어머니는 이 모든 일을 마음속에 간직하였다

오늘 우리가 경축하는 성가정 축일은 겨울나무 같다는 생각이 듭니다. 성 요셉이라는 큰 나무 아래서 아기 예수님이 자라시고 '세상'이라는 거센 바람 틈새에서 성모님이 안식처를 찾습니다. 거친 항해 끝에 항구에 닿은 배처럼 성 요셉은 조용히, 따뜻하게 모자를 감쌉니다.

하지만 '성가정'이 우리 생각처럼 그렇게 이상적인 모습만은 아니었을 수도 있습니다. 오늘 복음이 말하듯이 이 가정의 부모는 아기의 신원을 완전히 이해할 수 없었고, 가장인 요셉은 아이가 장성하기도 전에 세상을 떠나셨지요. 하나밖에 없는 아들은 결혼도 하지 않은 채 십자가형으로 죽고 성모마리아 홀로 남았습니다.

가족은 화목하고 평화로웠겠지만 세상이 말하는 '부(富)'와 '귀(貴)'는 없었습니다. '부'와 '귀'가 없으니 어디서 세상의 '영화'를 누리셨겠습니까. 그런데도 우리는 성가정을 우러러봅니다. 보통 사람들은 당연히 행복을 전제로 한 다음에 성가정을 생각합니다. 그 '행복한

그림_김형주 이멜다, 〈나자렛 성가정〉

가정'의 의미가 본질적으로 전도되는 것 같습니다.

하지만 곰곰이 생각하면 성모님과 성 요셉, 아기 예수님이 함께 살던 그때 나자렛의 가족은 성가정이었음에 틀림이 없습니다. 하느님의 신비로 잉태된 아기를 키우며 남편은 아내를 추호도 의심하지 않습니다. 아내에 대한 요셉의 전적인 신뢰는 성경 인물이기 전에 시대와 공간을 초월해 모든 이가 머리 숙여 존경하게 합니다.

나자렛의 작고 소박한 집에서 세 식구가 살아가는 일상을 성경은 미처 전해주지 않습니다. 평범한 매일의 평화가 우리가 숨 쉬는 공기처럼 흘러갑니다. 하느님의 구원계획이 이루어진 것은 이 가정의 나날들 안에서였겠지요. 나자렛의 하루하루가, 예수님께서 공생활을 시작하며 당신 사명을 이루는 위업의 토대가 되었습니다.

성가정을 바라보면 함께한 시간이 길든 짧든 간에 가족은 결코 해체될 수 없다는 생각이 듭니다. 가족은 이미 가족이라는 말로 완전하게 묶여 있으니까요. 세월도, 병고도, 심지어 죽음까지도 이 유대를 풀 수는 없습니다. '죽음'이라는 좀 긴 이별은 차라리 생전의 시간을 더 투명하게 보여주겠지요. 말로 못다 한 그 마음까지도 말입니다. 우리는 얼마나 자신의 마음을 표현하면서 살아갈까요. 지극한 마음이, 하물며 부모가 자식을 사랑하는 그 마음이 어떻게 말로 다 표현되고 드러나겠습니까. 문득 스치는 바람처럼 자식은 그렇게밖에 느낄 수 없는 것이겠지요.

성가정의 소박한 사랑을 바라보며 한 해의 마지막 날, 우리 모두를 존재하게 하는 가장 근원적인 그 무엇인 가족과 하느님을 생각합니다. 성 요셉과 성모님이 일구셨던 것처럼 우리 가정도 사랑의 보금자리와 학교, 작은 성당이 되기 위해서는 "모든 일을 마음속에 간직"(루카 2,51)하는 침묵과 명상, 가족 구성원에 대한 사려 깊은 배려가 절실하게 요청됩니다.

[2006년 12월 31일_예수, 마리아, 요셉의 성가정주일(다해)_서울주보]

강생하신 '로고스' 찬가

  나약한 아기의 모습으로 강생하신 평화의 임금께서 내리시는 은총과 평화가 CBCK(한국천주교주교회의·한국천주교중앙협의회) 가족 모두에게 듬뿍 내리시길 빕니다.

  오늘 복음에 나오는 요한복음 서두의 '로고스(말씀)' 찬미가는 요한복음 전체의 중심인물인 말씀, 곧 예수님에 대해 언급하면서 구세사 전체를 요약하며 완결하고 있습니다. 로고스 찬미가에서 요한은 역사의 예수님과 하느님의 영원한 말씀을 동일시하면서 예수님의 영적 본질이 어디에서 비롯되는가를 설명합니다. 이 찬미가에 따르면 하느님의 말씀이신 예수님은 히브리서의 '영원한 사제'를 능가하시는 분, 공관복음의 '하느님의 아들' 그리고 바오로 사도의 '비허의 종' 그리스도라는 개념을 뛰어넘어 태초부터 언제나 하느님과 함께 계시는 분, 곧 하느님이십니다. "한 처음에 말씀이 계셨다. 말씀은 하느님과 함께 계셨는데 말씀은 하느님이셨다."(1,1) 특히 마지막 절은 말씀이 곧 하느님이심을 강조합니다. "아무도 하느님을 본 적이

없다. 아버지와 가장 가까우신 외아드님, 하느님이신 그분께서 알려 주셨다.”(1,8)

로고스 찬미가에 이어 세례자 요한의 증언(1,19-28)을 시작으로 나자렛 예수님과 그분의 행적에 관한 내용이 요한복음 21장 끝까지 소개됩니다.

오늘 복음과 관련해 《나자렛 예수》 서론에서 베네딕토 16세 교황이 말씀하시는 내용을 전해드리고자 합니다. 교황님은 과연 예수님이 누구신가와 관련해 신명기를 인용하며 예수님을 제2의 모세와 연결시킵니다. 신명기 18장 5절은 “주 너희 하느님께서 너희 동족 가운데에서 나와 같은 예언자를 일으켜주실 것이니, 너희는 그의 말을 들어야 한다.”라고 씁니다. 그런데 신명기의 결론 부분은 “이스라엘에는 모세와 같은 예언자가 다시는 일어나지 않았다. 그는 주님께서 얼굴을 마주보고 사귀시던 사람이다.”(신명 34,10)라고 전합니다. 이 말씀은 “나와 같은 예언자를 일으켜주실 것”(18,15)이라는 약속이 아직 이뤄지지 않았음을 의미합니다. 따라서 이 말씀은 이미 존재했던 예언자를 지명하는 것이 아니라 새로운 모세를 예고하고 있습니다.

모세가 주님과 얼굴을 마주하며 이야기했다고 했는데, 탈출기 33,11에서도 모세는 “주님과 얼굴을 마주하여 이야기했다. 마치 친구끼리 이야기하듯이 모세는 주님과 이야기했다.”라고 언급합니다. 여기서 중요한 사실은, 모세를 평가할 때에 결정적으로 작용하는 내용은 그와 관련된 여러 가지 기적이나 약속의 땅을 향해 가던 여정의 무수한 활동과 고통이 아니라 모세가 하느님과 친구처럼 이야기했다는 점입니다.

또한 여기서 강조되는 것은 참 예언자는 우리에게 하느님의 얼굴을 보여줌으로써 우리가 가야 할 길을 보여주어야 한다는 점입니다. 예언자가 제시하는 미래는, 사람들이 점쟁이에게 듣고자 하는 것을 뛰어넘어, 본래적 의미에서 '탈출(exodus)'로 들어서는 이정표를 제시해야 합니다. 이러한 탈출은 모든 역사적 노정에서 하느님에게 가는 길을 본래의 방향으로 갈구해야 하고 또 발견해야 함을 뜻합니다. 탈출기에서 말하는 '탈출'은 하느님께 나아가는 데 우리를 구속하거나 장애가 되는 것에서부터 과감하게 탈출하는 것을 지칭합니다.

따라서 "이스라엘에는 모세와 같은 예언자가 다시는 일어나지 않았다."라는 말씀과 "나와 같은 예언자를 일으켜주실 것"이라는 약속은 종말론적 전망으로 넘어가게 됩니다. 앞에서 지적했듯이, 종말론적 '예언자'의 참된 특징은 그가 하느님과 얼굴을 마주보고 친구처럼 이야기할 것이라는 점입니다.

하느님과 모세의 관계에 대해 탈출기의 또 다른 이야기에 주목할 필요가 있는데, 그것은 모세가 하느님에게 한 간청에서 나타납니다. "당신의 영광을 보여주십시오."(탈출 33,18) 하느님은 이 간청을 들어주지 않으시고 "네가 내 등을 볼 수 있을 것이다. 그러나 내 얼굴은 보이지 않을 것이다."(33,21-23) 하고 답하십니다.

이 말씀은 유다교와 그리스도교 신비주의 역사에서 아주 중요한 역할을 해왔습니다. 여기서 우리는 위대한 모세도 하느님의 말씀과 뜻을 직접 전달하는 데 있어서 한계를 지닌 인간에 불과하다는 점을 깨닫게 됩니다. 그리고 첫번째 모세와 다른 제2의 모세, 최후의 예언자에게는 하느님의 등을 보는 것에 그치지 않고 하느님을 직접 마주보고 그분의 말씀을 완벽하게 사람들에게 전하는 능력과 자격이 주어질 것이라고 기대하게 됩니다.

요한복음 서론 끝부분은 예수님에 대해 다음과 같이 전합니다. "아무도 하느님을 본 적이 없다. 아버지와 가장 가까우신 외아드님, 하느님이신 그분께서 알려주셨다."(요한 1,18) 모세에게서 불완전하게 이루어졌던 것이 예수님에게서 완전하게 이루어졌습니다. 베네딕토 16세의 《나자렛 예수》는 예수님을 통해 새로운 예언자에 대한 약속이 성취되었다고 전합니다. 하느님의 면전에서 살고 계신 예수님은 하느님의 친구일 뿐만 아니라 그분의 아들이십니다. 예수님은 아버지와 가장 밀접하게 일치를 이루며 사는 분이십니다. 제12차 세계주교대의원회 정기총회 후속 교황 권고 「주님의 말씀」도 천지창조 때부터 성부와 함께하시고 구약의 역사 안에서 인간을 향하신 그 하느님의 말씀이 바로 마지막 때에 사람이 되신 그 말씀, 곧 예수 그리스도이심을 강조합니다.

베들레헴 들녘에서 양을 돌보던 목자들처럼, 먼 동방에서 별을 보고 발길을 서둘렀던 동방박사처럼 오늘 우리도 아기의 모습으로 태어나신 나자렛 예수님, 하느님을 뵙기 위해 이 자리에 함께하고 있습니다. 또한 오늘 이 자리의 의미는 바쁘게 살아온 한 해를 회고하면서 주님으로부터 받은 은총에 감사드리고 동시에 밝아오는 새해를 준비하기 위해서라고 생각합니다. 분명 한 해의 시작과 그 끝은 늘 설렘과 미지의 세계에 대한 막연한 두려움과 긴장을 동반하면서 삶의 자세를 점검하고 옷깃을 여미도록 합니다.

희망과 설렘 속에서 시작한 한 해도 어느새 저물어가고 있고 계사년(癸巳年) 새해가 우리를 기다리고 있습니다. 지금 이 순간 "모든 것이 지금만 같다면 더 바랄 것이 없다."고 생각하는 분도 있겠지만, "어깃장 난 삶의 세월만 덧칠하다가 금년 한해를 보냈구나!" 하는 아쉬움으로 이 시간을 지내는 분도 계시리라 생각합니다. 그럼에도 이 자리는 이미 지나가버린 시간이든 앞으로 다가올 시간이든 우리가 미처 마음 깊이 담아낼 겨를도 없이 흘러왔다 흘러간다는 현실을 받아들이면서, 지난 한 해의 모든 일에 나름대로의 의미를 부여하며 감사드리고 그 힘과 여력으로 새해를 잘 맞이하기 위한 자리이기도 합니다.

금년 한 해 동안 여러분께서 보여주신 헌신과 봉사에 깊은 감사를 드립니다.

[2012년 12월 31일, CBCK 종무미사]

모세야, 모세야!

　탈출기 2장은 모세의 탄생과 성장 과정, 그리고 그가 미디안으로 도망가야 했던 상황을 짤막하게 설명합니다. 아직 하느님의 부르심이 없는데도 자기 동포를 위한 열정과 불타는 정의감으로 성급하게 나섰던 모세는 "누가 당신을 우리의 지도자와 판관으로 세우기라도 했소?" 하고 거칠게 반항하는 사람들에게 마땅히 답변할 말이 없었습니다. 결국 모세는 파라오를 피해 미디안 땅으로 도주했는데, 당시 모세가 뼈저리게 느꼈을 좌절과 실패를 상상해 봅니다.

　동족들과 운명을 같이하겠다는 결단을 내렸지만 모세는 그들에게 구원자는커녕 살인자 취급을 받았습니다. 사회적으로 죽은 사람, 매장된 사람처럼 되었습니다. 그는 이집트인도 히브리인도 아닌 신원이 되어, 낯설고 황량한 미디안에 닿았습니다. 깊은 패배감과 배신감, 허탈한 상처를 뒤로하고 타향살이를 시작한 모세는 우물가에서 목동들로부터 불의한 일을 당하던 치포라를 구출해 이트로의 사위가 되었습니다. 처가살이를 하며 평범한 일상을 계속하던 어느 날,

평소처럼 장인 이트로의 양떼를 몰다가 '하느님의 산' 호렙에 간 모세는 놀라운 일을 목격하게 됩니다.

오늘 독서의 말씀(탈출 3,1-6.9-12)은 모세가 찾아간 이 산의 이름을 시나이 산이 아니라 호렙 산이라고 소개하는데, 호렙은 황량한 곳, 불모지, 내버려진 땅을 의미합니다. 예부터 산은 하늘과 땅, 하느님과 속세가 만나는 장소이기 때문에 거룩한 곳으로 여겨졌죠. 성서에서 광야는 전통적으로 하느님을 만나는 곳이기도 했습니다.

모세가 광야를 지나 하느님의 산 호렙으로 갔을 때 하느님께서 불타는 떨기 속에 나타나셨습니다. 광야의 마른 땅에서 흔히 볼 수 있는 떨기나무는 약 1미터 정도 자라는 식물로, 장미 같은 작은 꽃이 피고 산딸기 비슷한 열매가 열립니다. 가시덤불의 일종인 이 떨기나무는 히브리말로 '스네'라고 하는데, 이 이름은 비슷한 발음인 시나이 산을 연상시킵니다.

그 떨기나무에서 불길이 솟아올랐습니다. 불에 타는데도 떨기나무가 없어지지 않았습니다. 구약성서 안에서 불은 하느님의 현현을 상징하는 표현방법입니다(탈출 13,21; 19,18; 신명 4,12; 1열왕 18,24). 또한 우리가 잘 알고 있듯이, '불'은 정화의 상징으로 자주 사용됩니다. 불꽃이 이는데도 타지 않는 떨기나무 앞에서 모세는 당신 백성을 이집트에서 이끌고 나오라는 하느님의 부르심을 받습니다. 이것은 아브라함에게 하신 약속을 실현하는 또 하나의 단계 역할을 합니다. 아울러 타오르면서도 소멸되지 않는 불에 대한 이 신비로운 체험은 모세가 하느님으로부터 받은 소명을 완수하는 원동력이 될 것입니다.

놀라운 광경을 본 모세가 떨기나무 가까이에 가자 나중에는 하느

"모세야! 모세야!"
"예, 여기 있습니다(Ad sum!)."

그림_송경 클라라, 〈소리〉

님 자신으로 그 신원이 밝혀지는 주님의 천사(주님의 사자)가 "모세야, 모세야!" 하고 그를 두 번 부릅니다. 이 이중 호칭은, 부르심을 받은 사람에게 생애의 결정적인 전환점을 제공해줄 뿐 아니라, 아주 중요한 내용이 계시될 때 사용되는 표현법입니다.

사람은커녕 도대체 살아 움직이는 생물 하나 보기 어려운 광야에서 "모세야! 모세야!" 하며 자기 이름을 부르는 목소리에 모세가 얼마나 놀랐을까는 쉽게 짐작이 갑니다. 동시에 아무것도 없는 듯한 광야에서 누군가 자신에게 관심을 갖고 부르고 있다는 사실은 또 얼마나 반가운 일이었을까요. 아니, 어쩌면 그보다는 두려움이 더 컸을지도 모릅니다.

아마도 당시 모세는 '모든 이에게 잊힌 몸'이라고 생각하면서 자신의 과거를 완전히 잊어버린 채 살아가고 있었을 겁니다. 그런데 지금 누군가가 자신의 이름을 두 번씩이나 부르고 있는 겁니다. 모세는 "예, 여기 있습니다(Ad sum!)." 하고 대답합니다. 하느님의 부르심에 "예, 여기 있습니다."로 대답합니다.

그러자 주님께서 "이리 가까이 오지 마라. 네가 서 있는 곳은 거룩한 땅이니 네 발에서 신을 벗어라." 하고 말씀하십니다. 여기서 '신을 벗는' 행위는 내가 그 땅의 주인이 아니라는 것, 그 땅에서 아무 권리가 없음을 인정하는 것이며 또한 거룩한 하느님의 신비 앞에서 자신을 겸허하게 열어 보이는 자세이기도 합니다.

"모세는 하느님을 뵙기가 두려워 얼굴을 가렸습니다."(3,6) '얼굴을 가리는' 행위는 만물의 주재자, 거룩하신 하느님 앞에서 속된 인간이며 일개의 조물에 불과한 인간이 지니게 되는 두려움의 표현입니다. 나약하고 죄스런 인간이 하느님을 만나는 것은 생명의 위협을 느끼게 하지만, 동시에 새로운 삶으로 불림 받는 은혜로운 순간이요 사건이기도 합니다. 예수님의 거룩한 변모 사건을 체험한 제자들이 커다란 두려움에 사로잡히는 것과도 같겠죠. 거룩함을 체험하는 것은 황홀한 동시에 두려운 일입니다. 경외에 사로잡혀 떨고 있는 모세에게 하느님은 당신 자신을 조상들의 하느님으로 소개합니다.

독서 마지막 절에서 하느님은 모세에게 "네가 이 백성을 이집트에서 이끌어내면, 너희는 이 산 위에서 하느님을 예배할 것이다."(3,12) 하고 말씀하십니다. 주님이 이스라엘 백성을 파라오의 종살이에서 구출하신 것은 무질서한 자유나 방종한 생활을 하라고 하신 것이 아니라, 자기들이 얻은 자유로써 하느님께 예배를 드리라는 것임을 기억해야 합니다.

[2013년 7월 17일_연중 제15주간 수요일]

사랑하라, 그리고 원하는 대로 하라!

"사랑하라, 그리고 원하는 대로 하라Dilige et quod vis fac!"(성 아우구스티노)

하느님께서 새해를 선물로 주셨습니다. 새로운 도전 앞에서 두려움보다 설렘이 앞서는 것은 혼자가 아니라 함께하기 때문입니다. 머나먼 길이지만, 함께하기에 서로 의지하면서 꿈과 희망을 나눌 수 있어서 참으로 고맙습니다.

우리 모두 함께 노력하여 '훈훈한 공동체'를 만들어 나가면 좋겠습니다. 아울러 지난해에 베풀어주신 은혜에 감사드리며 새해에도 은총으로 이어지는 나날이기를 기원합니다.

사랑의 사도 요한이 저술하고 그분의 영성이 담긴 요한복음과 요한계 문헌은, 예수님의 강생과 죽음, 부활의 신비를 사랑의 신학으로 요약해 전해줍니다. 그 사랑의 신학은 아주 단순합니다. 예수님께서 인간을 사랑하시어 사람이 되셨을 뿐 아니라, 당신 목숨을 내어주시기까지 사랑하셨으니 우리도 서로 사랑해야 한다는 것입니다. 우리가 흠 없고 완전하기 때문에 하느님이 우리를 사랑하신 것이 아니라, 오히려 불완전함에도 불구하고 우리를 사랑하셨습니다. 우리 역시 흠 없고 완전한 사람이 된 다음에 다른 사람을 사랑할 게 아니라, 한참 부족하다 하더라도 지금 이웃을 사랑해야 합니다.

《준주성범》에서 토마스 아 켐피스는 "사람은 행실을 보고 판단하지만, 하느님은 그 사람의 마음을 아신다."라고 썼습니다. 디다케, 곧《열두 사도의 가르침》에서도 "성령을 통해 말하는 사람이라고 해서 모두 예언자인 것이 아니고 주님의 길을 실천하는 사람만이 예언자이다."라는 말씀이 발견됩니다. 문제는 사랑하는 마음과 그것을 실천하려는 의지입니다. 사랑을 실천하는 과정에서 우리는 완전한 사람으로 서서히 변화될 것입니다. "그분의 계명을 지키는 사람은 그분 안에 머무르고, 그분께서도 그 사람 안에 머무르십니다. 그리고 그분께서 우리 안에 머무르신다는 것을 우리는 바로 그분께서 우리에게 주신 성령으로 알고 있습니다."(1요한 3,24) 비록 우리가 나약하고 불완전하며 결점이 많지만 하느님께 대한 사랑과 이웃에 대한 사랑이 있다면 확신을 가지고 하느님께 나아갈 수 있습니다. 성령께서 우리의 동반자가 되어주실 것입니다.

오늘 우리는 전례 안에서 현재 터키에 속해 있는 카파도키아 지방 출신 두 성인, 곧 위대한 성 바실리오와 나지안조의 성 그레고리오를 기억합니다. 이 두 성인은 절친한 관계를 맺었는데, 체사리아와 콘스탄티노플, 아테네에서 훌륭한 교육을 함께 받습니다.

특히 이 두 성인의 삶은 형제적 사랑에 토대를 둔 우정이 얼마나 아름다운가를 보여주고 있습니다. 나지안조의 성 그레고리오는 다음과 같이 고백합니다.

"우리 두 사람의 유일할 과업과 갈망은 덕을 쌓고 미래지향적인 삶을 살아가며 현세의 삶을 떠나기 전에도 여기를 떠나간 사람처럼 행동하는 것이었습니다. 이것이 우리가 목적하는 이상이었습니다. 그래서 우리는 우리 생활과 행동을 하느님의 가르침의 지도에 따라 이끌어 나가면서 동시에 덕행에 대한 사랑을 서로 분발시켜주는 것이었습니다. 이 말이 좀 지나치다고 볼지 모르겠지만, 우리 자신은 서로에게 있어 선악을 식별하는 규범과 척도였습니다."(성무일도, 오늘 독서의 기도)

두 성인의 축일을 지내면서 이 시간, 앞에서 언급한 내용, 곧 과연 함께하는 것이 무엇인지를 조용히 생각해보려고 합니다.

33년 전 신당동 성당에서 보좌신부 생활을 할 때, 설과 추석 명절이 되면 위령미사를 봉헌하기 위해 팔당 댐 근처에 있는 성당 공동묘지 소화묘원을 찾아가곤 했습니다. 묘원에서는 양수리(兩水里), 곧 두물머리가 아주 아름답게 내려다보였습니다. 두물머리는 금강산에서 흘러내린 북한강과 강원도 검룡소에서 발원한 남한강이 합쳐지는 곳입니다. 어느 해 명절에, 두물머리가 내려다보이는 소화묘원에 올랐으나 기대했던 일출도 멋진 물안개도 피어오르지 않았습니다. 아쉬운 아침이었지만 그날의 풍광은 아직도 뇌리에 남아 있습니다. 오늘 갑오년 새해를 맞이하여 그날의 기억이 새삼스럽습니다.

하나의 물줄기가 또 하나의 물줄기를 만나 함께 흘러가는 두물머리의 풍경을 연상하면서, 선물처럼 주어지는 또 한 번의 새해에는 저만치서 다가오는 낯선 이들, 낯선 것들과도 말 걸어 보고 조금씩 뒤섞여 보고 '함께하는' 길에 대해 서로 이야기를 나누어보는 시간이 많았으면 좋겠다고 생각해봅니다.

하나의 시선이 또 하나의 낯선 시선을 만나 불꽃이 튀기면
우리는 그것을 사랑이라고 말합니다.
때론 그것을 운명이라고 말합니다.

하나의 발걸음이 또 하나의 발걸음을 만나 함께 길을 가면
우리는 그것을 동행이라고 말하며,
때론 제 길을 가다가도 언제고 다시 만나 함께하리란 걸 알기에
기다림도 따뜻한 동행이라고 행운이라고 말합니다.

새해는 하느님의 피조물인 모든 것, 모든 이 안에서 즐거이 사랑하고 동행하며 뒹굴고 깨지면서 둥근 조약돌이 되어가는 여정이었으면 합니다. 상처를 딛고 치유해가는 과정을 통해 부족한 존재 안에서 완성을 향한 디딤돌을 발견합니다. 우리는 서로의 구원을 위해 주님이 선물로 주신 디딤돌들입니다. 디딤돌 역할을 위하여, 올해 한국천주교주교회의·한국천주교중앙협의회의 좌우명인 "사랑하여라, 그리고 원하는 대로 하여라!"를 다시 반복해봅니다.

학문적으로나 신앙적으로, 그리고 영성적으로도 영원한 우정을 나누면서 인생역정을 함께 헤쳐나간 카파도키아 지방 출신 두 성인

을 기억하면서 우리도 올 한 해 동안 기쁘고 즐겁고 보람 있고 의미 있으며, 무엇보다 행복하고 신명나게 살아가는 여정이었으면 좋겠습니다. 모쪼록 새로운 한 해가 매일 기쁨과 행복으로 이어지는 나날이기를 이 미사 중에 기도합니다.

[2014년 1월 2일, CBCK 새해 시무미사]

하느님만으로 충분합니다

    부활시기 동안 우리는 미사 독서 말씀으로 사도행전을 봉독하고 있습니다. 사도행전의 전반부는 베드로 사도의 선교 활동을, 후반부는 바오로 사도의 선교 활동을 중심으로 이어지는데, 오늘 독서 말씀도 여기에 해당됩니다.

    바오로 사도의 복음 선포는 크게 네 가지로 핵심을 요약할 수 있습니다. ① 바오로는 아무도 복음을 전하지 않은 미지의 장소를 찾아가서 말씀을 전하였고, ② 노동을 하면서 복음을 선포하였으며, ③ 새로운 교회 공동체를 세우고 줄곧 보살피는 선교 활동을 하였고, ④ 공동체를 위해 늘 염려하면서 서간을 통해 가르치는 선교 활동을 하였습니다.

    오늘 독서 말씀(사도 18,1-8)에서 바오로 사도는 아레오파고 법정에서 설교를 한 다음, 아테네를 떠나 아카이아 지방의 수도로서 무역과 상업으로 번창한 항구 도시 코린토로 내려갔습니다. 당시 코린토는 여러 민족은 물론 신분상으로도 장인이나 노예 등 온갖 계층 사람들이 함께 살아가며 국제적인 도시로 발돋움하고 있었습니다. 당연히 이런 분위기 속에서 비롯되는 많은 문제점, 특히 성적인 타락과 각종 우상 숭배를 비롯한 온갖 죄악이 난무하는 곳이기도 했죠.

코린토에서 바오로 사도는 박해를 피해 로마에서 떠나 온 아퀼라와 프리스킬라 부부를 만나 신앙의 유대를 돈독히 하였습니다. 그들이 모두 천막 만드는 일을 하고 있었기 때문에 동업을 하기도 했습니다. 바오로는 실라스와 티모테오가 마케도니아에서 내려온 뒤로는 유다인들에게 예수님이 메시아라는 증언을 하면서 말씀 전파에만 전념하게 됩니다(사도 18,5 참조). 오늘 독서 말씀을 참조할 때, 그 후부터 바오로 사도는 필리피 교회를 비롯하여 교회들이 모금해 보내준 돈으로 살아가면서 오로지 복음 선포에만 전념했던 것으로 보입니다.

바오로는 안식일마다 늘 하던 대로 회당에서 유다인들과 토론을 하였는데, 그 토론의 골자는 예수님이 그리스도이심을 증언하는 것이었습니다. 유다인들은 그의 설교를 받아들이지 않고 대들며 욕설까지 퍼부었습니다. 결국 바오로는 그들과 결별하기로 다짐하고 그들에 대하여 어떠한 책임도 질 수 없다고 선언한 후 또 다시 이방인들에게 발걸음을 옮기게 됩니다.

"너희가 근심하겠지만, 그러나 너희의 근심은 기쁨으로 바뀔 것이다."(요한 16,20)라는 오늘 복음의 마지막 말씀은, 우리에게 시사하는 바가 참으로 많습니다. 동시에 주님께서는, 당신에 대한 신앙에서 비롯되는 우리의 기쁨은 절대로 빼앗기는 일이 없을 거라고도 말씀하셨습니다. 사실 인생의 기쁨에는, 그것이 아무리 감동적이고 감격

적이라고 하더라도 불완전한 요소가 내포돼 있습니다. 이와 달리 그리스도와 함께하는 기쁨은 완전하다는 특징을 지니고 있다고 많은 성인성녀들도 힘주어 말합니다. 오늘 독서의 바오로 사도와 그의 동료 아퀼라 부부 역시 마찬가지였습니다. 예수님과 하느님을 아는 기쁨을 체득한 그들은, 이를 다른 사람들에게 알려야 한다는 소명으로 받아들임으로써 아무도 빼앗을 수 없는 또 다른 기쁨으로 더욱 발전시키게 됩니다. 심지어 바오로 사도는 복음을 전하지 않으면 자신에게 화가 미칠 것이라고까지 고백하기에 이르렀고, 고된 생활이나 투옥, 심한 고문까지도 그에게서 이 기쁨을 빼앗아가지 못했습니다.

1991년부터 오늘까지 26년간 저는 이곳 신학대학교에서 강의를 하고 있습니다. 우선 성녀 소화 데레사처럼 그 "모든 것이 은총이었다."고 고백합니다. 외람된 말씀입니다만, 오늘 독서의 바오로 사도와 아퀼라 부부처럼 저에게도 26년이라는 시간은 기쁨과 감사의 연속이었습니다. 부족한 저에게 로마성서대학과 그레고리오대학에서 성서를 공부하고 연구할 수 있는 기회를 주시고, 귀국 후에는 모교에서 강의와 연구를 계속할 수 있도록 배려해주신 교구와 신학교 당국에 깊은 감사를 드립니다. 아울러 오늘 여러분과 함께 감사의 미사를 봉헌할 수 있도록 저를 초대해주신 학장 신부님과 동료 신부님들께도 감사드립니다.

여러분이 보시기에는 어땠는지 모르겠습니다만, 그동안 저는 '기본과 원칙'을 좌우명으로 삼고 나름대로 열심히 살아보려고 끊임없이 노력해 왔습니다. 또한 '기본과 원칙과 공평'을 토대로 모든 신학생을 만나고, 성적과 학점관리도 그렇게 해오며 신학생들에게도 이런 자세를 요구해 왔습니다. 그래서인지 지인들로부터 엄격하다, 까칠하다, 심지어는 무섭다는 소리마저 들어온 것도 사실입니다.

이러한 저의 성향과 부족의 소치로, 혹시라도 그동안 커다란 고통과 마음의 부담을 느껴온 학생들이 있다면, (아니, 분명히 있었으리라 믿습니다) 이 자리를 빌려 바다와 같이 넓은 마음으로 용서해주시기를 청하고 싶습니다.

또한 저 개인적으로는, 그동안 최선을 다하지 못했다는 여러 가지 아쉬움도 이 순간 교차되고 있습니다. 그 아쉬움과 소회를 몇 편의 시로 대신할까 합니다. 아울러 이 시에 담긴 메시지는, 지난 26년을 감사와 함께 되돌아보고 마감하면서 여러분에게 드리고 싶은 저의 당부요 바람이기도 합니다.

하루의 시간 _ 권대웅

오늘 하루는

내 생애의 축소판.

아침에 눈을 떠서 저녁에 잠잘 때까지

하루 종일 희망을 말하는 사람,

그게 나였으면 좋겠습니다.

모든 순간이 꽃봉오리인 것을 _ 정현종

나는 가끔 후회한다

그때 그 일이

노다지였을지도 모르는데……

그때 그 사람이

그때 그 물건이

노다지였을지도 모르는데……

더 열심히 파고들고

더 열심히 말을 걸고

더 열심히 귀 기울이고

더 열심히 사랑할 걸……

벙어리처럼

귀머거리처럼

보내지는 않았는가

우두커니처럼……
더 열심히 그 순간을
사랑할 것을……
모든 순간이 다아
꽃봉오리인 것을,
내 열심에 따라 피어날
꽃봉오리인 것을!

한동안, 아니 거의 지금까지 여러 일을 한꺼번에 수행해야 하는 상황을 만나 저는 허둥지둥 바쁘게 살아온 것 같습니다. 그러다보니 시간을 잘 관리하는 일이 무엇보다 중요하다고 생각하게 되어, 자연스럽게 시간을 낭비하지 않으려고 애쓰면서 모든 만남에 이 기준을 적용해왔습니다. 그런데 조금 전에 인용해 드린 두 편의 시는, 우리가 맞이하는 매순간, 모든 상황, 모든 사람이 아주 소중한 시간이요 사람이라는 점을 항상 생각하면서 매순간 최선을 다해야 한다는 점을 강력하게 시사하고 있습니다. 그렇지 않을 경우 우리는 이 시인처럼 그때 그 일, 그 사람, 그 물건이 노다지였을 텐데 하는 아쉬움과 후회를 하게 될 것입니다. 무엇보다도 신학생, 가족, 이웃이 곁에 있을 때, 내일로, 다음으로 미루지 말고 진솔하게 만나며 따뜻하게 환대하면 좋을 것 같습니다.

하느님께 나아가는 데에는 여러 방법과 길이 있습니다만, 우리는 스스로 사제성소의 길을 선택했습니다. 양 냄새 나는 착한 목자의 삶을 동경하면서 사제직을 준비하는 여러분에게 니사의 성 그레고리오는 다음과 같이 충고합니다.

> 누군가를 따른다는 것은
> 그 사람을 뒤에서 보는 것이다.
> 하느님의 얼굴을 보고자 했던 모세는
> 어떻게 하느님을 뵙는지를 가리켜주고 있다.

> 하느님께서 이끄시는 곳이면
> 어디든지 따라간다는 것
> 이것이 곧 사람이 하느님을 뵙는 길이다.

성 베드로 크리솔로고 주교는 "그리스도인은 하느님께 바칠 제물로 자기 자신 외에 다른 것을 찾지 않습니다." 하고 우리에게 권고합니다. 디트리히 본회퍼는 "하느님께서 누군가를 부르실 때에는 그 사람을 죽음으로 부르신다."라고 선언합니다. 이러한 다짐과 각오로 그렇게 살아갈 때, 우리는 성녀 대데레사처럼 "Solo Dios basta!(하느님만으로 충분합니다!)"라는 고백을 할 수 있을 것입니다.

인생의 선배요 여러분보다 조금 먼저 사제생활을 시작한 사람으로서, 저는 그동안 여러분과 맺어온 건강하고 행복한 인연에 감사드리면서 여러분의 소망과 꿈이 주님 안에서 이루어지도록 이 미사 중에 기도하겠습니다.

[2017년 5월 25일_부활 제6주간 목요일]

시메온의 노래

"주님, 이제야 말씀하신 대로

당신 종을 평화로이 떠나게 해주셨습니다.

제 눈이 당신의 구원을 본 것입니다.

이는 당신께서 모든 민족들 앞에서 마련하신 것으로

다른 민족들에게는 계시의 빛이며

당신 백성 이스라엘에게는 영광입니다."

(루카 2,29-32)

성무일도 기도 중에서 성직자와 수도자들이 하루를 마감하며 잠자리에 들기 전에 바치는 끝기도 〈시메온의 노래〉입니다. 하루를 정리하면서 이 기도를 봉헌할 때 평온함이 찾아오기 때문인지 저는 이 기도를 무척 좋아합니다.

또한 개인적으로 저는, 절기상 한 해가 완연하게 저물어가는 요즈음 이 시기를 매우 좋아합니다. 여러 가지 이유가 있겠습니다만, 루카복음 말씀(루카 2,25-39)에 등장하는 연만한 두 사람, 곧 시메온과 한나 예언자 때문입니다. 이 두 예언자는 일생동안 성전에 머물면서 한결같은 마음으로 구세주를 기다려오다가 아기 모습으로 오신 예수님을 만나 뵙게 되었습니다.

그 당시 '성전을 떠나는 일 없이' 사는 것은 충실한 이스라엘인들의 이상이었습니다(시편 23,6; 26,8; 27,4; 84,5.11). 하느님을 섬기고 기도하는 일에 항구하던 시메온이 '구원자'의 오심을 반기면서 특히 "주님, 이제야 말씀하신 대로 당신 종을 평화로이 떠나게 해주셨습니다."라고 고백합니다. "성령께서는 그에게 주님의 그리스도를 뵙기 전에는 죽지 않으리라고 알려주셨다."(2,26)라는 하느님의 약속이 실현되었으므로 이제 기꺼이 죽음을 맞이할 수 있다는 고백입니다.

어제와 오늘 복음은 구세주를 만난 기쁨과 감격, 그에 따른 찬양과 감사를 전하고 있습니다. 이 극적인 장면은, 분명 그들의 일생에 있어서 모든 것이 완성되는 클라이맥스, 정점일 것입니다. 동시에 그들의 온갖 노고가 보상받는 듯한 분위기를 연출하는 인간의 승리, 믿음이 승리하는 현장이었을 것입니다.

루카복음은 참된 '경건함'을 강조합니다. 여기서 경건함이란 세례자 요한의 부모인 즈카르야와 엘리사벳, 요셉과 마리아, 시메온과 한나처럼 세상만사와 인간의 삶 안에서 하느님의 현존을 깊숙이 깨닫고 그분께 의지하는 것을 의미합니다. 경건한 사람의 특징은 성령께서 그들의 삶 안에서 특별하게 활동하시거나, 그들이 성령께 마음을 열고 그분이 이끄시는 대로 자신을 내어 맡긴다는 점입니다.

시메온과 한나 예언자의 모습은 얼마 전 성인품에 오른 성 요한바

"주님, 이제야 말씀하신 대로
당신 종을 평화로이 떠나게 해주셨습니다.
제 눈이 당신의 구원을 본 것입니다.
이는 당신께서 모든 민족들 앞에서 마련하신 것으로
다른 민족들에게는 계시의 빛이며
당신 백성 이스라엘에게는 영광입니다."

그림_김겸순 마리테레시타 수녀, 〈주님 봉헌〉

오로 2세 교황님의 삶과 오버랩 됩니다. 교황님의 고향 폴란드 바도비체 생가 건물은 현재 박물관으로 사용되고 있는데, 10여 년 전 순례 때 그 벽에 폴란드어와 영어로 쓰여 있던 교황님의 말씀을 보고 감동한 적이 있었습니다.

"I longed for You, my Lord! Now You have come to me!"

이 말씀은 교황님께서 눈을 감으시기 바로 직전에 하신 고백으로 알고 있습니다. 이 말씀대로 교황님은 일생동안 절제되고 성스러운 삶을 통해 주님을 찾고 동경하고 갈망해 오셨습니다. 그런데 시메온과 한나가 아기 예수님, 구세주를 죽기 전에 만났듯이, 교황님도 선종하시기 직전에 그토록 찾고 갈망해 오던 주님께서 자신을 찾아오셨다고 고백합니다. 저도 시메온과 한나, 요한바오로 교황님처럼 저의 삶 안에서 그분을 만나 뵙기를 갈망하고 있고 그러한 마음으로 성무일도 끝기도의 〈시메온의 노래〉를 매일 봉헌하고 있습니다.

이제 우리는 한 해의 끝자락에 와있습니다. 뒤돌아 볼 시간도, 앞으로 다가오는 시간도 가슴속에 온전히 담아낼 여유 없이 그저 세월이 참으로 빠르다며 달려온 한 해의 마지막 날들입니다. 시메온의 노래를 통해 마음의 평정을 되찾고 그 힘과 여력으로 새해를 준비하는 시간이 되면 좋겠습니다.

[2017년 12월 29일_성탄 팔일 축제 내 제5일]

네가 하느님의 선물을 알았더라면!
_성지순례를 시작하며

어제부터 우리는 동방교회와 서방교회가 서로 만나고 또한 동방과 서방의 문화가 서로 만나는 발트3국에 머물면서 성지순례를 시작했습니다. 지난 6월 27일 첫 모임에서 우리는 "그리스도인 과연, 누구인가?"를 스스로 묻고 "그리스도인은 천상을 향해 지상을 여행하고 시간을 걸으면서 영원을 찾아가는 순례자"라는 교부들의 말씀 안에서 그 해답을 얻었습니다. 대중가요의 노랫말처럼 우리 인생은 나그네 길이고 우리 삶 자체가 순례이지만, 이곳 상트페테르부르크를 출발점으로 성모님과 이곳 출신 성인성녀들의 삶과 영성이 배인 발트3국을 순례하면서 러시아 정교회 영성의 한 부분인 하느님과 성모님의 자비와 연민(우밀레니에)을 배우게 될 것입니다.

이번 순례 기간 동안 우리는 특별히 성모님과 연결된 성지를 여러 곳 순례합니다. 러시아의 수호자로서 '길의 인도자이신 성모님'이신 카잔의 성모님 이콘, '하느님의 어머니' 성모님께서 양떼를 치던 목동들에게 나타나신 리투아니아 실루바 발현 성지, 리투아니아 빌뉴스 새벽의 문 경당 '자비의 성모님' 이콘, 라트비아 아글로나 성모님 방문 성당에 모셔진 테오토코스(하느님의 어머니) 이콘, 또한 성녀 비르지타와 성녀 파우스티나, 성 요사팟과 성 카시미로, 그리고 성 요한바오로 2세와 관련된 성지 등도 찾아가게 됩니다.

　지금까지 우리는 각자 인생을 살아오면서 여러 방법으로 하느님을 찾고 그분을 만나왔습니다. 분명 하느님은 한 개인의 삶, 역사, 우리가 살아온 다양한 처지에서, 우리의 수준에 따라 고유하게 개별적으로 만나주는 분이십니다. 우리가 신앙생활을 하는 본당과 성당에서 주님을 만나 뵐 수 있음에도 불구하고, 작지 않은 경제적 부담과 긴 시간을 할애하면서까지 이곳을 순례하게 된 동기와 이유가 각자에게 있으리라 생각합니다. 혹시라도 이번 순례에 특별한 의미를 부여하지 않고 덤덤하게 참여하고 계시다면, 지금 이 미사 시간에 하느님과 말씀을 나누면서 나름대로 목표를 설정해보는 것도 좋을 것 같습니다.

　한가지 분명한 것은 순례란 하느님의 은총이며 그분께서 허락하시고 이끌어주셔야만 가능하다는 점입니다. 설령 우리가 신앙적으로 어떤 훌륭한 동기 없이 순례를 시작한다 하더라도, 은연중에 내려오는 하느님의 은총을 거부하지만 않는다면, 그분은 우리를 순례의 종착지까지 안내해주실 뿐 아니라 필요한 깨달음도 주시리라 믿습니다. 그리스도인들을 박해하던 다마스쿠스의 사울/바오로 사도와, 예수님이 부활하셨다는 기쁜 소식을 받아들이지 않고 엠마오로 가던 두 제자의 경우를 살펴보면 이 점이 분명해집니다.

파우스티나 성녀의 자취가 남아 있는 리투아니아 빌뉴스 '신성한 자비의 성전'

앞에서 소개한 성인성녀들이 특별한 인연을 맺고 사랑하던 이 발트3국 지역과 이곳의 신앙 공동체를 생각하면서, 우리도 그 성인성녀들과 함께 순례 여행을 떠나면 좋겠습니다. 이러한 노력에 하느님께서 우리와 함께 하실 것입니다. 이번 순례 기간 동안 저는 여러분이 출발하기 전부터 계획한 특별한 지향이 주님 안에서 이루어지도록 여러분과 함께 끊임없이 기도하겠습니다.

오늘 복음(마태 12,14-21)에서 예수님은 바리사이들이 모의해 당신을 죽이려고 하자 그 자리를 피하십니다. 십자가를 지시기 전에 해야 할 일이 많았기 때문일 겁니다. 병자들을 고쳐주신 예수님은 당신을 다른 사람들에게 알리지 말라고 엄중히 이르셨습니다. 그동안 여러 차례 거짓 메시아가 등장해 군중을 흥분시키고 선동하면서 정치적 반란을 일으키고 무고한 희생을 치르기도 했기 때문입니다.

그러나 참 메시아이신 예수님은 메시아의 본연의 자세는 사랑의 봉사임을 천명하십니다. 복음에서 마태오도 하느님의 종인 예수님의 활동을 이사야서 제42장의 말씀으로 요약합니다. 예수님은 "다투지도 않고 큰소리도 내지 않으면서" 사랑으로 이 세상을 정복하신 하느님의 종이셨고, 상한 갈대를 꺾지 않으시고 꺼져 가는 심지도 끄지 않으신 분이셨습니다. 분명 약한 자를 경멸하고 용기를 꺾는 것은, 식은 죽 먹는 것처럼 쉬운 일이겠지요. 용기를 꺾는 것이 위대한 것이 아니라, 낙심한 사람에게 용기를 불러일으키는 것이 중요하고 위대할 겁니다.

그리스도인은 예수님처럼 상한 갈대를 꺾지 않는 사람, 꺼져 가는 심지를 끄지 않는 사람, 어려움 속에서도 희망과 용기를 잃지 않고 살아가는 사람입니다. 고통과 위난을 겪고 있는 동족의 근본적인 문제를 해결해주지는 못한다 하더라도, 그들의 어려움에 동참함으로써 위로와 힘이 되어 주는 사람들입니다. 오늘 독서 말씀(미카 2,1-5)이 정의와 공정의 실천을 강조하였다면, 복음은 이를 토대로 한 신의와 자애를 강조하고 있다고 생각합니다.

[2018년 7월 21일_연중 제15주간 토요일]

성스러운 바보

오늘 복음(마르 9,30-37)에서 예수님은 당신이 감당하시기 힘든 어려운 수난과 죽음을 예고하셨습니다. 그럼에도 불구하고 제자들은 이를 아랑곳하지 않고 천박한 일로 논쟁을 벌였습니다. 누가 첫번째 자리를 차지할 것인가? 누가 최고위원이 되고 누가 당대표 아니면 총재가 될 것인가를 놓고 자리다툼을 하고 있었습니다. 그런 제자들에게 예수님께서는 "누구든지 첫째가 되려면, 모든 이의 꼴찌가 되고 모든 이의 종이 되어야 한다."라는 역설적인 말씀과 가르침을 주셨습니다.

꼴찌가 첫째가 된다는 말은 성당에 제일 늦게 와서 뒷좌석에 앉아 있다가, 미사가 끝나자마자 제일 먼저 나가라는 뜻이 결코 아닐 것입니다. 매사에 "나는 아무것도 아니니까" 하면서 꽁무니를 빼라는 말씀도 아닐 것입니다.

첫째가 되려고 노력하는 것은 결코 잘못된 일이 아닙니다. 오히려 선의의 경쟁을 통해 첫째가 되도록 노력하고 또 다른 사람들도 그렇

러시아 사람들의 우밀레니에를 가장 잘 담고 있는 '블라디미르의 성모' 이콘

게 하도록 격려해야 합니다. 그러나 그 방법에 있어서는, 겸손을 바탕으로 한 봉사를 통해 첫째가 되도록 노력해야 합니다. 말로만이 아니라 구체적인 행동으로 옮기기 위해서는, 예수님처럼 죽기까지 노력해야 할 것입니다.

그래서 예수님의 말씀대로 꼴찌가 첫째가 된다는 것은, 맡은 바 소임을 충실히 해나가는 사람의 모습이 아닐까 생각해 봅니다. 자기 자신을 내세우거나 자기가 한 일을 자랑삼아 하는 그런 사람이 아니라, 남을 위해서 봉사하되 겸허한 자세로 하는 사람일 것입니다. 여기서 중요하고 분명한 것은, 예의주시하면서 우리를 바라보는 눈길은, 주변 사람들이 아니라 저 하늘 위에 계신 위대한 분이라는 점입니다. 이러한 자세로 우리가 행하는 봉사는, 비록 아무리 작은 일이라도 하느님께 바치는 향기가 될 것입니다. 그러므로 설혹 우리 봉사가 늘 똑같은 것을 반복하는 하찮고 무의미하며 지루한 것이라고 생각될 때에도, "저희가 하는 일에 힘을 주소서" 하고 기도하면서 실천에 옮겨야 하겠습니다.

지난여름 러시아 상트페테르부르크를 출발점으로 발트3국, 곧 에스토니아, 라트비아, 리투아니아를 순례하며 러시아 정교회 영성의 한 부분인 하느님&성모님의 자비와 연민(우밀레니에), 겸손을 묵상할 수 있었습니다.

러시아 정교회의 영성은 이콘에 많이 표출되어 있는데, 크게 우밀레니에, 케노시스, 부정신학으로 요약할 수 있습니다. 첫째로, '겸손, 온유, 부드러움, 연민, 자비, 순종' 등의 뜻을 지닌 '우밀레니에'는 하느님의 '자비와 연민'을 표현합니다. 그런데 이 '우밀레니에'는 동방교회의 두번째 영성인 '케노시스'와도 연결됩니다. 그리스말 '케노시스'는 그리스도의 자기비움, 곧 하느님께서 당신 자신을 완전히 비우시고 사람이 되시어 우리와 똑같은 삶을 취하였다는 의미로 받아들일 수 있습니다.

이 '케노시스'는 러시아 정교회 영성의 세번째 특징이라고 말할 수 있는 소위 '역설의 신학'으로 발전되었다고 생각합니다. 그리스도처럼 자기 자신을 비움으로써 오히려 가득 차게 되고, 그리스도처럼 자기 자신을 낮춤으로써 올려지며, 그리스도처럼 죽음으로써 영원히 살게 된다는 신비한 가르침은, 사실 복음서 곳곳에서 발견되는 주제이기도 합니다. 이 '역설의 신학'은 '부정의 신학'과도 연결되는데, 부정의 신학은 '신은 창조물이 아니다', '그리스도의 인성과 신성은 분리되지 않고 혼합되지 않는다' 등 긍정적인 진술 대신 부정적인 진술을 통해 계시의 진리를 드러내 보이고 그 진리에 접근하면서 하느님의 초월성에 무한한 경외감을 표현하는 것을 말합니다.

또한 유로지비(yurodstvo), 곧 '성스러운 바보'라는 의미로 해석되는 이 단어도 그리스도의 자기비움과 충만에 대한 러시아적 개념으로 발전되었는데, 특히 바오로 사도의 가르침과 직결됩니다.

"우리는 그리스도 때문에 어리석은 사람이 되고, 여러분은 그리스도 안에서 슬기로운 사람이 되었습니다. 우리는 약하고 여러분은 강합니다. 여러분은 명예를 누리고 우리는 멸시를 받습니다. 지금 이 시간까지도, 우리는 주리고 목마르고 헐벗고 매 맞고 집 없이 떠돌아다니고 우리 손으로 애써 일합니다. 사람들이 욕을 하면 축복해주고, 박해를 하면 견디어 내고 중상을 하면 좋은 말로 응답합니다. 우

리는 세상의 쓰레기처럼, 만민의 찌꺼기처럼 되었습니다. 지금도 그렇습니다."(1코린 4,10-13)

도스토예프스키는 《백치》, 《죄와 벌》, 《악령》, 《카라마조프가의 형제들》 등에서 주인공을 유로지비로 소개합니다. 더 나아가 사람들은 도스토예프스키 자신도 유로지비, 곧 '성스러운 바보'였다고 평가했고, 러시아가 낳은 20세기 저명한 작곡가 쇼스타코비치 역시 스스로를 유로지비라고 표현했습니다.

이와 같이 그리스도 때문에 양보하고 용서하는 삶, 그래서 못나고 어리석은 삶을 살아가는 것처럼 보이는 것을 '유로지비'라고 표현합니다만, '유로지비'는 무엇보다도 자기희생의 삶을 의미합니다. '유로지비'는 못나고 어리석어서가 아니라 이 땅의 자잘한 것, 또는 잔재미나 외적인 것에 대해 집착하기보다는 더 근원적이며 본질적인 것에 대한 애정, 다시 말하면 더 높은 천상의 가치를 소망하면서 추구할 때 가능할 것입니다. 오늘 하루만이라도 우리 모두, 그리스도 안에서 유로지비, 성스러운 바보로 살 수 있으면 좋겠습니다.

[2018년 9월 23일_연중 제25주일]

엠마오_신앙의 이정표

　지금 생각해보니 6월 23일부터 7월 4일까지 11박12일은 꿈결같이 지나온 시간이었습니다. 아일랜드의 노크 성모님을 비롯해 스코틀랜드와 잉글랜드의 성인성녀들이 "와서 보라"는 말씀과 함께 우리를 초대했고, 우리는 이 초대에 기꺼이 응답하며 은총의 순례여정을 무사히 마칠 수 있었습니다. 순례 여정 내내 늘 함께 하시며 우리를 이끌어주신 주님과 성모님께 감사드리면서, 이 성지순례의 은총과 감동을 우리 신앙생활과 어떻게 연결시킬 수 있는지 그 방법을 함께 나누기 위해 이 모임을 갖게 되었습니다. 오늘 대화의 실마리를 '엠마오로 가는 두 제자에게 나타나신 예수님'(루카 24,13-35)에게서 찾아보았습니다.

　부활하신 예수님에 관한 기쁜 소식을 받아들이지 않고 해가 지는 서쪽을 향해 엠마오로 내려가던 제자들은, 자기들이 걷고 있던 그 길, 바로 그 길에서 예수님을 만나 뵈었습니다. 몇 년 전 이스라엘 순례 마지막 날, 우리는 예루살렘에서 서쪽으로 약 15킬로미터 정도

아일랜드 노크에 발현한 성모님은 침묵 중에 나타나셨다. 엠마오로 가던 제자들처럼 그 침묵이 전해주는 메시지를 식별해야 한다. (사진_주호식 신부)

떨어진 아부 고쉬라는 작은 시골마을의 올리베따노 수도원 공동체 성당에서 순례여정을 마무리했습니다. 2000년 전의 일인지라 성경에서 이야기하는 엠마오가 어디인지는 아직도 정확하게 알지 못합니다. 여전히 학자들은 여러 의견으로 논의하고 있고 엠마오는 그저 '추정'할 수밖에 없는 상황입니다.

과연 엠마오는 어디였을까요. 제자들은 도대체 어디를 걸어가고 있었을까요. 지난번 우리가 방문한 아부 고쉬의 그 성당이, 예수님과 제자들이 길 위에서 만난 그곳에 세워진 수도원 성당이었을까요? 아니면 또 다른 후보지인 '엘 쿠베이베'나 '니코폴리스'가 그날의 엠마오일까요?

하지만 성경에 나오는 엠마오가 '아부 고쉬'이거나 '엘 쿠베이베', 또는 '니코폴리스'인가는 더 이상 중요한 문제가 아니었습니다. 정작 '엠마오'는 내가 주님의 말씀을 제대로 알아듣고 받아들이는 바로 그 순간이라는 사실을 우리가 깨달았기 때문입니다. 그렇습니다. 내가 주님의 말씀에 마음이 열리고, 귀가 열리고 가슴이 뜨거워져 진실로 나를 자유롭게 하는 진리의 길에 들어서는 모든 장소, 모든 곳이 바로 엠마오였습니다. 엠마오 후보지 가운데 한 곳인 아부 고쉬라는 장소는, 성경에서 말씀하신 바를 믿고 고백하는 우리에게, 엠마오를 상기시켜주고 가리키는 손가락 또는 이정표에 지나지 않습니다.

다음으로, 엠마오로 내려가는 두 제자에 관한 이야기, 대단히 아름다운 복음 말씀이 우리에게 전하고자 하는 메시지를 살펴보고자 합니다. 엠마오의 메시지는 이미 부활하셨지만 아직 부활한 분을 만나지 못한 제자들, 예수님이 지상에서 생활하던 때처럼 눈에 보이는 모습으로 현존하지 않는 까닭에 길을 잃고 방황하는 공동체, 곧 부활 이후 초기 교회 공동체를 비롯한 우리 모두를 위한 메시지, 기쁜 소식(복음)입니다. 엠마오 이야기는 부활하신 예수님의 현존을 어디서 찾아야 할 것인지를 우리에게 알려줍니다.

엠마오로 가던 두 제자는 깊은 충격과 좌절과 실의에 빠져 있었습니다. 예언자이며 구원자라고 생각한 예수님이 십자가에 매달려 처참하고 무능하게 돌아가셨기 때문이었습니다. 엠마오로 가던 그들은 길에서 만난 예수님께서 성경을 풀이해주실 때 마음이 뜨겁게 타

올랐고, 빵을 떼어 주실 때에 비로소 그분을 알아 뵙습니다.

그들이 예수님을 알아뵙는 순간 예수님께서는 사라지십니다. 루카 복음에서 이 이야기를 전해주는 이유는, 일상 안에서 예수님의 현존을 실감하지 못하는 사람이나 신자 공동체를 도와주려는 것입니다. 그렇다면 보이지 않는 예수님을 이제 어디에서 찾아야 할까요?

제자들이 예수님을 알아 뵌 곳은 성경 말씀 안에서, 그리고 빵을 나누는 성체성사 안에서였습니다. 내 눈으로 예수님을 뵙지 못한다 해도 우리에게는 성경의 증언이 있고, 예수님의 몸을 받아 모시는 성찬례(성체성사)가 있습니다. 이것이 해가 저물 때 길을 걸어가야 하는 교회, 나그네처럼 시간을 걸으면서 영원과 천상을 향해 나아가고 있는 교회가 늘 기억해야 할 내용입니다. 예수님께서 지상에 계실 때에 제자들이 예수님을 모시고 함께 살아갔던 것처럼, 우리는 성경 말씀과 성체성사를 통해 예수님을 우리 가운데 모시면서 믿음으로 살아갑니다.

이번 순례 마지막 날, 영국 히드로 공항을 향해 출발하기 직전 봉헌한 미사강론에서 저는 니사의 성 그레고리오 주교님의 말씀을 소개하며 강론을 마쳤습니다. 그 말씀이 순례를 다녀온 우리 모두에게 주교님이 주시는 귀한 충고라고 생각하면서 다시 한 번 더 소개합니다.

"그러므로 주님을 경외하는 여러분,
여러분은 당신이 살고 있는 곳에서 주님을 찬양하십시오.
장소를 바꾼다고 해서 하느님과 가까워지지 않습니다.
당신이 어디에 있든,

당신의 영혼이 주님이 머무시고 왕래하실 만한 장소라면
주님께서 당신을 찾아오실 것입니다.
그러나 당신이 아무리 골고타에 있어도,
당신이 아무리 올리브 동산에 있어도,
당신이 아무리 부활(Anastasis) 무덤 속에 있어도,
당신이 악한 생각으로 가득 찬 '인간의 내면'을 갖고 있다면
그리스도를 아직 모르는 사람들보다도
그리스도를 당신 안에 더 받아들일 수는 없습니다."

이 말씀을 통해 니사의 그레고리오 성인은 굳이 무언가를 찾고 어딘가를 찾기보다 '삶의 자리'에서 살아가는 일의 소중함, 일상의 미덕, 그 안에서 의미를 찾으며 스스로 의미가 되어가는 삶의 아름다움을 역설하는 것이 아닌가 생각해봅니다. 하느님의 뜻을 찾기 위해 어딘가 멀고 먼 성지를 순례해야 하는 것이 아니라 우리의 평범한 일상 한가운데서, 예를 들면 성당 감실에 모셔진 성체조배 안에서도 부활하신 예수님의 현존을 체험할 수 있다는 중요한 가르침입니다.

이번 순례를 통해 우리 삶 안에 긍정하는 그 무엇들이 하나씩 늘어나는 계기가 되었으면 좋겠고, 또한 '모든 것이 은총이다'라는 고백을 할 수 있게 되었으면 좋겠습니다.

[2019년 8월 13일_아일랜드, 스코틀랜드, 잉글랜드 순례 후기모임]

노래하며 나아갑시다.
하느님은 우리 행군의 끝이십니다!

21세기 들어서면서 부쩍 '웰빙(well being)' 또는 '삶의 질'을 높여야 한다는 목소리가 커져왔습니다. 이러한 시대적 필요와 요청에 따라 자주 회자하는 어휘가 '문화'와 '영성'이 아닌가 싶습니다. '웰빙'의 욕구를 충족하기 위해 사회적·정신적 측면에서 '문화'가 절대적으로 요청된다면, 종교적 측면에서 성숙한 신앙생활을 위해 요구되는 것이 '영성'이 아닐까 합니다. 그래서 오늘은 '순례영성'의 한 부분을 살펴보고자 합니다.

하이데거의 표현대로 우리 인간은 이 세상에 던져진 존재입니다. 말 그대로 피투(被投)된 이 세상에서 나름대로 모험을 하며 살아가는데, 철학에서부터 대중가요에 이르기까지 우리 인생을 '나그네 길'로 묘사합니다. 성경 역시 인생을 순례의 길에 비유하고, 제2차 바티칸공의회도 '순례하는 교회'(《교회헌장Lumen Gentium》 49-50항)라고 교회의 신원을 정의합니다. 그리스도교 신앙은 물론이고 우리의 체험

"노래하며 나아갑시다.
하느님은 우리 행군의 끝이십니다."

사도 베드로와 안드레아 형제의 고향 벳사이다. '우리 행군의 끝'인 하느님을 향해 노래하며 나아갑시다.

과 현실을 종합해볼 때 인간은 '길손(viator)'이며 '여행(여정)자'이고 '순례자'라고 정의할 수 있겠습니다.

- 구약성경

"주님께 청하는 것이 하나 있어, 나 그것을 얻고자 하니, 내 한평생 주님의 집에 살며, 주님의 아름다움을 우러러보고, 그분 궁전을 눈여겨보는 것이라네!"(시편 27,4)

나그네며 순례자인 우리 인간이 "하느님, 당신은 저의 하느님, 저는 당신을 찾습니다. 제 영혼이 당신을 목말라합니다."(시편 63,2) 하면서 추구하는 인생의 목표는 하느님을 만나 뵙는 것, 바로 그것입니다. 여기서 '한평생 주님의 집에 산다는 것'은 주님께서 현존하시는 주님의 집(성전)에 머물면서 그분의 얼굴을 늘 뵈며 일생동안 살고 싶다는 표현인데, 이 시편의 고백은 신앙생활과 성지순례의 관계를 자연스럽게 연결시켜줍니다.

사실 구약시대부터 성지순례는 하느님께서 머무시는 곳인 성소를 찾아가 그분을 뵙는 것을 의미했습니다. 종교 집회와 관련해 하느님을 찾아뵙는 것을 표현할 때 많이 등장하는 히브리 단어 '빅케스'†는

---

† 하느님을 뵙는다는 것은 그분의 현존 장소인 성전(성소)을 찾아가는 것을 말한다. 잘 알려진 셈족어 어근인 '빅케스'는 그 의미도 확실하여 사람이나 물건, 구체적인 것이나 추상적인 것 등을 찾는 것을 뜻하는데, 성서에서 이 낱말은 무엇인가를 찾는 경우에, 찾는 사람과 찾는 대상의 강한 결합, 곧 찾는 행위 안에서 집요하게 찾는 사람의 행위를 효과적으로 강조하기 위하여 사용된다. "주님을 찾는 이들의 마음은 기뻐할지어다."(시편 105,3)에서처럼, 이 표현은 조상(彫像)들로 표현된 자기들의 신들의 "얼굴을 보려고" 오는 순례자들의 행동을 언급하는 다른 셈족어 안에서도 알려져 있다. 참조: J.-P. 프레보스트, 이기락 옮김, 《시편의 작은 사전》(가톨릭출판사, 1997), pp. 131-132.

자주 하느님의 성전(성소)을 순례하는 것과 연결되어 사용됩니다(아모 5,4-5 참조). 그래서 율법에 따르면, 열세 살 이상 성인남자들은 1년에 세 번(파스카, 오순절, 초막절) 성전에 머무시는 주님을 뵙고자 예루살렘 성전을 순례했습니다. 성전을 순례하면서 부르던 노래가 '순례 시편'(120-134편)이라는 제목 아래 시편집에 실려 있습니다. 이처럼 성전을 찾아가는 것은, 그곳에 현존하시는 주 하느님을 뵙기 위한 순례를 의미했습니다.

● 신약성경

"예수님의 부모는 해마다 파스카 축제 때면 예루살렘으로 가곤 하였다. 예수님이 열두 살 되던 해에도 이 축제 관습에 따라 그리로 올라갔다."(루카 2,41-42)

위에서 살펴본 대로 '주님의 집(성전)에 한평생 산다는 것'은 충실한 이스라엘인들의 이상이었습니다(시편 23,6; 26,8; 27,4; 84,5.11). 루카복음은 구약의 마지막 예언자 가운데 한 사람인 한나가 "프누엘의 딸로서 아세르 지파 출신이었다. 나이가 매우 많은 이 여자는 혼인하여 남편과 일곱 해를 살고서는, 여든네 살이 되도록 과부로 지냈다. 그리고 성전을 떠나는 일 없이 단식하고 기도하며 밤낮으로 하느님을 섬겼다."(루카 2,36-37)라고 전하고 있습니다.

유다교에는 열세 살 때부터 율법 준수 의무가 있는데, 구약시대부터 예수님 당시까지 이스라엘의 성인 남자는 1년에 세 번 예루살렘으로 순례를 가는 전통이 이어졌습니다(탈출 23,14-17; 34,22-23; 신명

16,16). 그런데 예수님 시대에 와서는 이러한 순례 의무가 부인들에게도 있었던 것으로 추정됩니다. 당시 열두 살이었던 예수님은 의무가 아니었지만, 소년 예수 역시 열심한 성모님과 요셉 성인과 함께 고향 나자렛에서 예루살렘까지 순례 길에 오르셨다는 사실을 루카 복음은 전하고 있습니다. 우리 구세주께서도 소년시절부터 성지순례를 하셨습니다.

• 인간: 영원을 찾아가는 '순례자'

아울러 '그리스도인은 과연 누구인가?'에 대한 옛 교부들의 정의 안에서 순례의 진정한 의미를 찾을 수가 있습니다.

'그리스도인'은
천상을 향해
지상을 여행하고
시간을 걸으면서
영원을 찾아가는 '순례자'이다.

현대를 살아가는 우리 그리스도인의 삶도 마찬가지입니다. "영원을 향해 시간을 걷는 순례자"라는 표현에서, 그리스말 순례자(πάροικος)는 '~통하여(παρά)'와 '집(οικος)'의 합성어입니다. 곧 순례자인 그리스도인은 모든 것이 갖추어진 안락한 내 집처럼 이 세상에 안주하며 살아가는 것이 아니라, 잠시 머물다 떠나야 하는 하숙생처럼 살아가는 나그네입니다. 지상 나그네인 우리 그리스도인의 인생의 목적도 순례자처럼 이 세상을 살다가 궁극적으로 하느님을 만나 뵙는 것인데, 토마스 아퀴나스는 이 천국의 행복을 '지복직관(至福直觀)'으로 표현하였습니다.

순례자로 살아가는 이 세상의 삶이 결코 녹록치만은 않습니다. 하느님을 만나 뵙기까지의 인생 여정을 성경은 황량한 광야 또는 사막으로 비유하기도 합니다. 사실 한 번밖에 없는 유일회적인 인생을 살아가면서, 우리 모두가 수많은 유혹과 갈등과 시련을 겪으며 산다는 것을 체험을 통해 잘 알고 있습니다. 이 여정을 걸어가는 우리에게 예기치 않은 돌발 상황이 없을 수는 없겠으나, 성 아우구스티누스의 다음 말씀은 우리에게 커다란 위로가 됩니다.

"노래하며 나아갑시다. 하느님은 우리 행군의 끝이십니다."
"우리는 육체 안에 머물러 있는 동안 주님에게서 떨어져 순례하며 믿음으로 걸어갑니다. 직접 보면서가 아니라 믿음으로 걸어가는 것입니다."(아우구스티노, Sermo 21)

[2021년 4월 1일_《분도》(2021 Spring: 성 베네딕토회 수도원 계간지)]

:: 나가면서

10여 년 전 《경향잡지》 편집인으로 시작한 글을 한 사람의 하느님 백성으로서 마무리하려는 순간 한 수녀님의 고백이 떠올랐습니다. 수녀님은 영성적으로 깊은 감명을 주는 책을 출간하면서 "세상에 책 잡히지 않으려면 책을 쓰지 말라고 어떤 분이 그러시던데, 또 이렇게 책잡힐 일을 하고 말았습니다." 하고 말씀하셨죠.

저 역시 이번에, 책잡힐 일을 저지르고야 말았습니다. 더욱이 이 책의 대부분이 지나간 일과 관련된 내용이기에, 책잡힐 일이 배가되지 않았을까 조바심이 스칩니다. 궁색한 말씀을 올리자면, 신앙인의 한 사람으로서 우리가 살아가고 있는 이 '시대의 징표(Signum temporis)'를 신앙의 눈으로 나름대로 읽고 해석해 보려고 애쓴 흔적을 모아봤습니다. 무엇보다, 지난 세월을 회상하면서 추억과 낭만을 즐겨보려는 의도는 전혀 없었다는 변명도 덧붙이고 싶습니다.

"역사는 증명하기 위해서가 아니라, 말해지기 위해 쓰인다(Historia scribitur ad narrandum non ad probandum)."라고 합니다. 소소하고 평범해 보이는 우리의 일상을 비롯하여 매순간 우리 주변에서 발생하는 일과 사건들이 시간의 흐름과 함께 역사의 작은 부분을 이루듯이, 어떤 방식으로든 이 책에서 나눈 내용들도 역사의 편린으로 남게 되겠지요.

삶의 방식과 스타일은 조금씩 다르더라도 예나 지금이나 인간의 근본적인 삶 자체에는 변함이 없기에, 우리가 겪게 되는 희로애락 역시 세대를 불문하고 큰 차이가 없어 보입니다. 그래서 양상만 조금 다를 뿐, 거의 늘 같은 시대 상황이 반복되는 것 같습니다. 모두가 우여곡절을 겪으며 살지만 또 한편 똑같은 일상이 반복되는 듯한 우리의 삶입니다. 그럼에도 우리의 일상사와 세상에 전개되는 모든 사건 안에 보이지 않는 주님의 손길과 역사하심이 함께하신다는 사실을 기억하면서 그분이 보여주시는 '시대의 징표'를 잘 읽고 식별함으로써, 나아가야 할 방향과 비전을 찾을 수 있기를 갈망하며 이 글들을 모았습니다.

✦

"구름은 가도 별은 남듯이
밤은 가도 꿈은 남듯이
세월은 가도 추억은 남듯이
인간은 가도야 정은 남는다."
무명 한시(漢詩)의 한 부분을 자유롭게 인용해 봅니다.

학창시절 흥미롭게 수강한 라틴어 강좌의 마지막 단계 교과과정으로 '라틴어 문장론(syntaxis linguae latinae)' 시간이 있었습니다. 다양한 라틴어 문장뿐 아니라, 그 문장에 해당하는 예문들의 구조를 직접 분석하고 익히면서 라틴어를 자기 것으로 습득하는 과정이었죠. 그 예문의 많은 부분이 동서고금을 통해 입에서 입으로 전해온 주옥

같은 속담과 명언, 격언 등으로 구성되어 있었습니다. 고맙게도 이 강좌에서 알게 된 격언과 문장들은 나 자신을 돌아보는 기회를 주곤 했는데, 그 가운데 몇몇 문장은 아직도 저의 뇌리를 맴돌곤 합니다.

이 책의 작은 제목으로도 쓴 "시간은 흘러도 사랑은 남는다(Tempus fugit, Amor manet)."라는 문장은 아주 오래전 로마 시대, 어떤 사람의 묘비에 적혀 있는 글입니다. 아마도 생전에 넉넉하게 사랑을 베풀고 떠난 분인 것 같았습니다. "사랑은 모든 것을 이겨낸다(Amor vincit omnia)."라는 명언도 있고 "사랑하라, 그리고 네가 원하는 것을 하라(Dilige et fac quod vis)."라는 아우구스티노 성인의 권고도 있죠. 러시아 문호 톨스토이도 《사람은 무엇으로 사는가》라는 단편에서 '사랑'으로 살아간다고 서슴없이 말합니다.

결국 어느 시대든 '사랑'만이 남습니다. 가정이나 사회, 정치나 종교적 영역, 어디에서든 인종과 이념에서 비롯되는 차이와 차별 등 모든 것을 훌쩍 뛰어넘어 결국은 '사랑'의 문제로 귀결됩니다. 그러므로 우리가 서로 사랑하고 있다면, 설령 우리가 헤매더라도 길을 잃은 것이 아니며, 분명 모든 사회적 구조적인 모순과 서로 다름을 충분히 극복할 수 있다고 생각합니다.

사실 우리가 처한 현실은 그리 녹록치 않습니다. 지금 이 순간에도 지구촌에서는 코로나19 팬데믹, 자연 파괴로 인한 생태계와 암울한 기후변화, 미얀마와 아프가니스탄 등에서 벌어지는 무력충돌, 빈부 격차 등으로 인한 소요와 난민 사태 등 출구가 보이지 않는 너무 나 많은 일들이 존재하고 있습니다. 그럼에도 (현실과 매우 동떨어진 말씀일 수도 있겠지만) 이럴 때일수록 인권 존중과 국경을 초월한 '사랑'을 토대로 문제를 하나씩 풀어나갈 수 있다는 희망을 놓지 않아야 합니다.

라틴어 속담은 칠흑 같은 절망의 순간이라도 용기를 북돋아줍니다.

"위험한 시기에/어려운 때에 희망을 가져라(Sperandum est infestis)."
"이 또한 지나가리라(Et hoc transibit)."
"아무것에도 절망하지 마라/결코 포기하지 마라(Nil desperandum)."
"살아 있는 한 희망은 있습니다(Dum vita est, spes est)."

평범해 보이는 이 격언들 안에는 노도처럼 밀려오는 위난을 슬기 롭게 대처하고 극복한 현인들의 지혜와 용기가 숨어 있습니다.

"세상에서 가장 큰 축복은 희망입니다."라던 장영희 교수의 고백도 언제나 깊은 감명을 줍니다. 바오로 사도가 전하는 말씀을 되새기며 이 글을 마무리합니다.

"그러므로 이제 믿음과 희망과 사랑
　이 세 가지는 계속됩니다.
　그 가운데에서 으뜸은 사랑입니다."(1코린 13,13)

아남네시스, 돌아보다
시간은 흘러도 사랑은 남는다

2022년 02월 04일 교회인가
초판 찍은 날 2022년 2월 14일
초판 펴낸 날 2022년 2월 22일

지은이 이기락

펴낸곳 오엘북스
펴낸이 옥두석

편집장 이선미 | 책임편집 임혜지
디자인 이호진

출판등록 2020년 1월 7일(제2020-000115호)
주소 경기도 고양시 일산동구 중앙로 1055 레이크하임 206호
전화 031. 906-2647 | 팩스 031. 912-6643
홈페이지 https://blog.naver.com/olbooks
이메일 olbooks@daum.net

ISBN 979-11-975394-2-8 03810